砂漠に燃える恋

シャロン・ケンドリック　作

桜井りりか　訳

ハーレクイン・ロマンス

東京・ロンドン・トロント・パリ・ニューヨーク・アテネ・アムステルダム
ハンブルク・ストックホルム・ミラノ・シドニー・マドリッド・ワルシャワ
ブダペスト・リオデジャネイロ・ルクセンブルク・フリブール・ムンバイ

MONARCH OF THE SANDS

by Sharon Kendrick

Published by Harlequin K.K., Tokyo, 2012

シャロン・ケンドリック

英国のウエストロンドンに生まれ、ウィンチェスターに在住。11歳からお話作りを始め、現在まで一度もやめたことはない。アップテンポで心地よい物語、読者の心をぎゅっとつかむセクシーなヒーローを描きたいという。創作以外では、音楽鑑賞、読書、料理と食べることが趣味。娘と息子の母でもある。

主要登場人物

フランチェスカ・オハラ……不動産会社勤務。愛称フランキー。
サイモン・フォレスター……フランキーの婚約者。不動産会社経営。
ファイルーズ……フランキーの世話係の少女。
ザヒド・アル・ハカム……フランキーの幼なじみ。カヤーザフ国王。
タリク・アル・ハカム……ザヒドの弟。

1

透き通るように白い肌の上で、ダイヤモンドが流れ星のようにきらめいている。フランキーはうっとりと宝石を見つめた。みんな、びっくりするわね。真面目《まじめ》一方で風変わりなフランキー・オハラが婚約して、もうすぐ結婚するなんて。しかも、ブルーベリーくらいもあるダイヤモンドの指輪をはめているのだから。

フランキーは指を広げ、宝石が弱々しい十一月の日ざしにきらめくのを眺めた。父だったらほほ笑みながら、ダイヤモンドは炭素のうちでもっとも硬くて高い屈折率を持つ物質にすぎないと言っただろう。でも、わたしにとってはそれ以上の大きな意味がある。これは象徴だ。ある男性がわたしを愛していて、残りの人生をともに過ごしたいと願っていることを表している。しかも、ハンサムで成功した男性が。わたしみたいな女性に惹《ひ》かれることなんて絶対になさそうに思えた男性が……。

車の音に、フランキーははっと夢想から覚め、驚きとかすかな焦りを覚えながらまばたきした。まさか、もうサイモンが来たんじゃないわよね？　予定しているお祝いのディナーのために、じゃがいもの皮を一つもむいていないのに。チキンの胸肉だって、まだマリネが足りないんじゃないかしら？

フランキーは窓から外をのぞいて息をのんだ。私道の細かい砂利を跳ね散らしながら、つややかに光る高級車が家に向かってくる。

もちろん、サイモンではなかった。彼はこのロンドン郊外の裕福な界隈《かいわい》でよく見かけられる、落ち着いたセダンに乗っている。家の前にとまった車は馬力がありそうな黒のスポーツタイプで、この静かな町ではなく、国際レースのサーキット場を走っているほうが似合いそうだ。フランキーは運転者の彫りの深い横顔を見なくても、誰が運転しているのかすぐにわかった。

　ザヒドだわ！

　心臓がどきどきし、口の中がからからに干上がった。すべての女性のあこがれの男性。そのザヒド・アル・ハカムが、フランキーの家の前にとまった車のシートにいる。高貴なシークであり、カヤーザフの国王でもある人。彫りの深い鷹《たか》のような顔立ちに、黒い謎《なぞ》めいた瞳の持ち主。

　フランキーのような一般人が外国の権力あるシークと友人なのは、きわめて異例のことだった。しかし、人生はしばしば予想外の展開を見せるものだ。ザヒドの父親はフランキーの父親と旧知の間柄だったので、彼女は幼いころからカヤーザフの王子を知っていた。もっともザヒドが思いがけず国王になってからは、この家を訪ねてくる回数はぐんと減ってしまった。伯父といとこの突然の死によって、ザヒドは王位継承者となり、イギリスの小さな田舎町の幼なじみを訪ねる時間を作れなくなったのだ。

　最初のうちは彼が訪ねてこないことが寂しくてたまらなかったが、やがて、それがいちばんいいのかもしれないと思うようになった。手の届かない男性に恋い焦がれて、これまで果てしない時間を無駄にしてしまったのだから。

　フランキーはもう一度窓からのぞいた。どうしていきなりザヒドは訪ねてきたのかしら？　しかも、よりによって今日という日に。

　ザヒドが車から降りてくる。豹《ひょう》を連想させる、しなやかで優雅な身のこなしで長い脚を伸ばし、外に降り立つ彼をフランキーは見守った。ドアを勢いよく閉めたが、ロックはしなかった。私道のはずれで警護するボディガードたちが見張っているはずだし、だいたいザヒドの車を盗もうという勇気のある人間がいるはずがない……。

ドアベルが鳴り響き、フランキーはもの思いから覚めた。あわてて玄関に向かいながら、壁のペンキをすぐにでも塗り替える必要があるわ、と思った。できるだけの手入れはしているが、大きな家はあちこちが擦り切れ、傷んでいる。だからこそサイモンは、彼女が父親から相続したこの家とそれが立つ貴重な土地を売るようにと、ますます熱心に勧めるのだろう。

まだ胸をどきどきさせたまま、フランキーはドアを開けた。少しは大人になって、彼に会っただけでうろたえなくなっていますように、と祈りながら。最後にザヒドと会ってから五年もたっている。それだけたっていれば、彼の前でもあまり動じなくなっているだろう。

それはむなしい期待だった。ザヒドの精悍《せいかん》な顔を見たとたん、息がとまった。渇望がわき上がり、心臓が早鐘のように打ち始めた。この人の前でどきどきしない女性なんて、この世にいるかしら？　たとえ別の男性との結婚が決まったばかりだとしても。

ザヒドはたいていの人が想像するシークとは違い、普段長いローブをまとってはいない。ただし、それは意図的なことだ。周囲に合わせて外見を変えるカメレオンのように目立たずに過ごしたいと彼が言うのを、フランキーは何年か前に聞いたことがある。彼が何箇国語にも堪能《たんのう》で、その国の人のように流《りゅう》暢《ちょう》に話すのもそのためだ。もっとも、ザヒドのように彫りの深い顔をして権力を漂わせた人間は、絶対に目立たずにいることはできない。何を着ていようと人目を引いてしまうのだ。ほこりっぽい道のかたわらに咲く美しい花が人の目を奪うように。

見事な仕立てのグレーのスーツがザヒドの筋肉質

の堂々たる体格を引き立て、その大きな体は戸口を完全にふさいでいた。オニキスのように黒く輝く瞳が彼女をじっくりと検分している。磨き上げられた銅よりもわずかに薄い色合いの肌、漆黒の髪。まるでむっつりした最近の映画スターみたいだわ、とフランキーは思って、不意に胸がうずいた。ザヒドは身じろぎもせず黙りこくっているが、間違いなく野性的な魅力を発散している。

　自分でもわけのわからないまま、フランキーは左手をジーンズのポケットに突っ込み、罪悪感に身を震わせた。真新しい婚約指輪を隠そうとしているの？　だとしたら、いったいどうして？

「こんにちは、ザヒド」フランキーは挨拶《あいさつ》した。

　彼をファーストネームで呼ぶことを許されているのはごくわずかな人間だけだ。しかし、ザヒドは今その儀礼について考えていたのではない。一瞬、言葉を失い、驚きの目でフランキーを見まわした。

「フランチェスカなのか？」ザヒドは目をきゅっと細めた。砂漠の真ん中で蜃気楼《しんきろう》を見たかのように。「本当にきみなのか？」

　フランキーは気持ちを顔に出すまいとした。彼女をフランチェスカと呼ぶ人はいない。彼一人を除いては。ザヒドが巻き舌でその名前を発音する懐かしい響きを聞いて、フランキーはかすかなおののきが肌を撫《な》でていくのを感じた。この名前は華やかだった母親がつけてくれたのだが、母は自分とそっくりな娘を期待していたので、フランキーにひどく落胆した。あひるの子はかたくなに白鳥になることを拒んだので、やがてエキゾチックな呼び名は消え、ずっと実用的なフランキーが取って替わり、それが彼女の呼び名として定着した。でも、ザヒドだけは違った。

「もちろん、わたしよ」彼の目に男性としての称賛の色が浮かぶのを見て、フランキーは喜びがわき上がるのを感じずにはいられなかった。これまでザヒドは忠実な使用人に向けるような目つきでしか彼女を見たことがなかった。あるいはしきりにしっぽを振りながら駆け寄ってくるペットの犬に向けるような。不必要な質問だとわかってはいても、ザヒドがどう答えるのか知りたくて尋ねた。「あら、わたし、変わったかしら？」

　ザヒドは思いがけない感情を覚えた。間違いなく彼女は変わった。変わったどころではない。最後に会ったとき、フランキーは男の子みたいな十九歳の女の子だった。これといった特徴もなく、人込みにまぎれて気づかないような平凡な女の子だ。そのあと、いったい何が起こったのだろう？

　ザヒドは彼女をまじまじと見つめた。おかしな角度につんつん跳ねていた短い髪は、今ではすっかり長くなり、黒くつややかに波打ちながら背中に垂れている。あの分厚い滑稽《こっけい》な眼鏡は消え、びっくりするほど深いブルーの瞳がきらめいている。それに、かつて着ていたぶかぶかした服は、ぴったりしたジーンズとやわらかなオートミール色のセーターに変わり、ザヒドが想像もしていなかったような体の線をほのめかしている。

「あの眼鏡はどうしたんだ？」動揺しながらザヒドは尋ねた。

「ああ、今はコンタクトにしているの」フランキーは肩をすくめた。「みんなそうしてるでしょう」

　偃月刀《えんげつとう》よりも大きな曲線を描いているバストとヒップがいつできたのかと、ザヒドはききたかった。少女から女性への劇的な変化がいつ起こったのかと追及したかった。だが、そのいささかエロチックな質問はどうにかこらえた。彼が話しているのはフランチェスカだからだ。無邪気で愛らしいフランチェスカであって、カクテルパーティで会ったばかりの愛人候補ではない。

代わりにザヒドはフランキーに冷ややかな視線を向けた。昔からの家族ぐるみの友人であっても、ある程度の礼儀は必要だと彼女に思い出させるためだ。

フランキーは彼の額にかすかにしわが刻まれるのを見て、正しくそれを解釈した。「あら、ごめんなさい。よかったら……」彼女はドアを少し開けかけて言いよどんだ。ザヒドに帰ってほしいのか、いてほしいのか自分でもわからない。彼が家に立ち寄ったら、また愚かな夢想が始まるのではないかしら？　かつて彼が家に入ってくるたびに思い浮かべていたような。その夢想はいつも、ザヒドがフランキーを腕に抱き上げ、きみなしでは生きられないと言ってキスするところで終わっていた。「よかったら、お入りにならない？」彼女は弱々しく続けた。

「ありがとう」ザヒドはそっけなく言うと、玄関ホールに入った。彼にとっては別世界であり、懐かしくもある場所。広い緑の庭のある、いくぶん古びたイギリスらしい大きな屋敷。だが、ここは彼が故国を離れたときに、ゆっくりとリラックスできる場所だったのではないだろうか？　誰も彼をじろじろ見たりせず、軽薄なゴシップも存在せず、誰かがマスコミにしゃべる心配もない場所。国王の甥《おい》であるということは、とりもなおさず常に周囲の目にさらされ、常に聞き耳を立てられるということだった。

長年、ザヒドの父は彼を連れてこの家を訪ねてきた。彼の国の歴史を変えた人物、フランチェスカの父親で、頭脳明晰《めいせき》だが変わり者の地質学者と話をするために。彼が思いがけず油田を発見したことで、カヤーザフは長期にわたる戦争による多額の負債を返済し、国の未来は大きく変わったのだ。

フランキーがドアを閉めると、ザヒドはブルーの瞳にじっと見入りながら、生まれたばかりの彼女と会ったときのことを思い出していた。フランキーは白い毛布の真ん中で顔を真っ赤にして泣きわめいていた。そのとき、彼は十三歳だった。

　ぽっちゃりした幼児の彼女が、よくよちよち歩きで近づいてきたことも覚えている。その姿は信じられないほど愛らしかった。学校に入る前の時期、彼におんぶしていろいろとせがんだことも。彼はフランキーの言うなりになった。ほかの女性には決して できないことだったが、フランキーは彼を意のままに操ったのだ。

　やがて年上の退屈な科学者の夫に飽きたと言って、彼女の母親が家を出ていった。当時、投げやりな絶望のにじんだ冷たい空気が、家じゅうに流れていたことも覚えている。母親はもっと裕福な男と駆け落ちした。人生にもっとすてきなものを与えてくれる男と。彼女はそれからたくさんの裕福な恋人を作り、次々に捨てられる羽目になったあげく、交通事故で亡くなった。その悲劇も、そのとき車を運転していた男性が有名な既婚の政治家だったことで醜聞に変わった。

　しかし、フランチェスカと父親は立ち直った。二人は固い絆《きずな》で結ばれていた。幼い女の子は科学者たちに囲まれて大きくなり、もっぱら自分用の実験器具で遊んでいた。その結果、フランキーは内気な十代の時期も、露出の多い服で体を見せびらかす時期も経験しなかった。実を言うと、まさにこの瞬間まで、ザヒドは彼女を女性として意識したことがなかったのだ。

　回想に誰かの声が侵入してきて、ザヒドはフランキーに話しかけられていたことに気づいた。

「何か言ったかい？」ザヒドは尋ね、かすかに首を振った。こんなふうにセンチメンタルになるなんて自分らしくもない。

「どうしてこのサーリーまで来たのかときいたのよ」フランキーは首をかしげた。「それとも、ただ通りかかっただけ？」

一瞬、ザヒドは答えに詰まった。今日、ここに来たのはどうしてなのだろう？　五年近く彼女に会っていないと気づき、かすかな罪悪感を覚えたから？　フランキーが今は天涯孤独の身だということは知っているし、だからこそいつも彼女に目を配っているつもりだったのに、人生は思うようにならないものだ。つい一年半前に予想外の王冠を戴《いただ》いてから、その新しい役割によって数々の制限が加えられてしまった。

「ロンドンで仕事があったんだ。だから足を伸ばして、きみが元気でいるか見に来たんだ。最後に会ってからずいぶんたつだろう。もっと早く会いに来るべきだったよ」

ザヒドがいつになく刺すような視線で見つめるので、フランキーは頬が熱くなるのを感じた。

「あの……飲み物でもいかが？」ザヒドがめったに食べ物や飲み物を口にしないことを知っていながら、フランキーは尋ねた。毒殺されるのを恐れているせいだと思っていたが、王族はどこにいようと常に人と距離を置きたがるものなのだと、父が説明してくれた。

「ああ、いただこう」

「本当に飲むの？」

ザヒドは眉をひそめた。「きみがたった今、飲み物を勧めてくれただろう？　それともぼくは幻聴が聞こえ始めたのか？　それに、何かを勧めたのなら、それを出してくれるはずだと普通は期待するものだ。お茶をいただけるかな。あればミントティーを」

フランキーはそわそわとうなずきながら、ザヒドがちょっと席をはずして、わたしに落ち着きを取り戻す時間を作ってくれないかしら、と思った。そうすれば、こっそり婚約指輪をはずせる。理由はわからなかったが、彼が必ずするであろう質問には答えたくなかった。「よかったらリビングで待っていてくださる?」

ザヒドはまた眉をひそめた。今日の彼女はいったいどうしたのだろう? 妙にこそこそした態度をとっているのは、劇的な体の変化と何か関係があるのだろうか? 「いや。一緒にキッチンに行って、お茶をいれているあいだ話をしているよ。いつもそうしているだろう」

「そうね」でも、これまでは今二人の周囲に漂っているような妙にぴりぴりした緊張感はなかった。まるで知らないあいだに二人の関係が変わってしまったみたい。「じゃ、どうぞ」フランキーは言った。

ザヒドはフランキーのあとから冷え冷えとした廊下を歩いていきながら、リズミカルに揺れる彼女のヒップに目を向けまいとした。それにしても、どうして彼女はこんなに神経質になっているのだろう? それに、どうしてこんな歩き方をするんだ? まるで……。

キッチンまで来たとき、妙に感じたことの正体に気づき、ザヒドは顔をしかめた。「手をどうかしたのかい、フランチェスカ?」

彼女はくるりと振り向いた。後ろめたさからか、胸の鼓動が速くなった。「手?」

「左の腿に張りついているように見えるほうの手だよ」

ポケットに片手を突っ込んだままシークの前に立つのは不作法だったかしら? たぶんそうでしょうね。それに、この広いキッチンで、彼の抜け目ない黒い目に監視されつつ、片手だけでお茶をいれるのは無理だろう。フランキーはデニムに石がこすれるのを意識しながら、しぶしぶポケットから指を引き出した。明かりの下で宝石がまばゆく輝いた。

ザヒドがやってくる前のうっとりとした気分は、今やきまり悪い思いに変わっていた。彼と視線を合わせたとき、フランキーは頬がかっとほてるのを感じた。しかし、彼の目にはよそよそしい関心しか浮かんでいなかった。

「おいおい、フランチェスカ」これまで聞いたこともないような口調でザヒドは言った。「信じられないな。きみが婚約しているとは」

2

荒々しい感情を秘めてザヒドはその言葉を発すると、黒い目でフランキーをじっと見つめた。彼女はその目に射すくめられて、膝に力が入らなくなった。

「結婚するんだね？」ザヒドはさらりと尋ねた。

フランキーはうなずいたが、喉がからからだった。誇らしげでいるべきなのに、どうしてこんなにどぎまぎしているの？「ええ、そう、そうなの」

「いつ決まったんだ？」

「昨日……昨日決まったばかり」

「見せてごらん。そんなに恥ずかしがることはないだろう」ザヒドの黒い目は不機嫌そうに光っていたが、フランキーは気づかなかった。「おいおい、フランチェスカ、女性なら誰でも婚約指輪を見せびらかしたがるものじゃないのかい？」

　しかたなくフランキーは左手を差し伸べた。ザヒドにその手を取られると、彼の温かい手に触れられていることを強く意識させられた。何年も何年も、こんなふうにザヒドに手を取られるのを夢見ていたんじゃなかった？　なのに、ついにそれがかなっても、まったく意味がないというのは皮肉なものね。ザヒドがわたしの手を取っているのは、別の男性に買ってもらった婚約指輪を検分するためにすぎないのだから。

　ザヒドは眉をひそめてじっくりと宝石を見つめながら、フランキーが震えているのをはっきりと感じた。彼女が手を引っ込めたとき、ザヒドは何かがかすかに体の奥でざわめくのを覚えた。あえて告白すれば、欲望の最初の兆しのようなものだ。ザヒドは顔を上げて彼女と視線を合わせると、からかうように眉を上げた。「しかし、これは当然秘密にすることじゃなくて、お祝いすることだろう」

　フランキーの頬の赤みがいっそう濃くなった。

「あら、確かにそうね」それならなぜきみは指輪を隠したんだ？　言葉にされない質問が宙に浮かんでいたが、ザヒドに尋ねられても、フランキーは彼を満足させる説明ができそうになかった。彼にも、自分自身にさえも。結局、ザヒドはその質問を口にしなかった。

「で、その幸運な男は誰なんだ？」

「サイモン・フォレスターという人よ」

「サイモン・フォレスター」ザヒドは大きな傷だらけの樫《かし》のテーブルの下から椅子を引き出して座った。そのテーブルに、いつもならフランキーがお気に入りの庭で摘んでくる愛らしい花の代わりに、しゃれた温室栽培の薔薇《ばら》の花束が飾られていることに彼は気づいた。サイモンとやらがこれを買ったのだろうか？　彼女が髪を伸ばし、コンタクトにしたのはその男のせいなのか？　セクシーなジーンズとぴったりしたセーターを着るように勧めたのもその男か？　サイモンは新しい着こなし方だけでなく、ありとあらゆる新しい経験を彼女に味わわせたのだろうか？

なぜか口の中に苦い味が広がった。「それで、彼はどんな仕事をしているんだ？　そのサイモン・フオレスターは」

フランキーの微笑は固まった。これこそわたしが本能的に恐れていたことだったのでは？　詳しい話をすることが。久しぶりにやってくるなり尋問するなんて筋違いだと言いたかったが、そんなことを言っても無駄なのはわかっていた。ザヒドは自分の要求を通すことに慣れている。それに、彼に話せない理由はないでしょう？

「わたしが働いている不動産会社を経営しているの。そこで働き始めたことは覚えているでしょう。クリスマスカードで知らせたから」

そうだったろうか？　ザヒドは眉をひそめた。カヤーザフではクリスマスが祝われないことをフランキーは知っていたが、それでも毎年彼にカードを送ると言い張った。そして、彼もまた側近に任せず、自分の手でそれを開封することにしていた。ザヒド自身はクリスマスを祝わなかったが、そうしたカードは彼が寄宿学校に入ってイギリスで過ごした日々を懐かしく思い出させてくれた。

「そうだったかもしれないな」ザヒドはゆっくりと言った。それにしても、彼女が父親のように科学の道に進まなかったのは意外だった。「もっと教えてくれないか」

フランキーは唇を噛《か》んだ。ザヒドはわたしの言っていることがさっぱりわからないんだわ。時間をかけてあれこれつづった手紙をいつもクリスマスカードにはさんでいるのに、ザヒドはろくに読んでもいないのね。「そうね、サイモンの会社はとてもうまくいっていて――」

「会社についてじゃないよ、フランチェスカ。彼についてだ」ザヒドがさえぎった。「きみに結婚を申し込んでいる男、そのサイモン・フォレスターについてだ」

ザヒドが黒い目に敵意に満ちた光を宿し、サイモンの名前を苦い薬でもあるかのように口にするので、フランキーはすぐには言葉が出なかった。それでも、なんとか婚約者の好きなところを思い浮かべようとした。あのブルーの目。気配りを見せてくれること。毎週贈ってくれる薔薇。そう、花束をプレゼントされるなんて生まれて初めてだった！

フランキーは唇をなめた。「彼は普通ならわたしがデートしようと思うタイプの男性じゃないんだけど――」

「本当に？ きみはずいぶんたくさんの男性とデートしているんだな」ザヒドはいら立たしげに言った。「それで、彼らを比べたわけか？」

「い、いいえ」どうしてザヒドはわたしをあんなに怒ったような目でにらんでいるの？ 「そういう意味じゃないの」

「だったら、どういう意味なんだ？」

フランキーはごくりとつばをのみ、大きな旧式のシンクでやかんに水を入れて火にかけた。隙《すき》のない質問を浴びせて、どうしてわたしを混乱させようとするのかしら？ それに、どうしてこんなに……攻撃的なの？ まるでわたしを尋問する権利があるとでも言わんばかりに。あなたには関係ないわ、と言ってやりたい気持ちを抑えながら、フランキーはサイモンのことに頭を切り換え、彼の姿を思い浮かべた。ふわりと額に垂れる豊かな髪、それをかき上げるしぐさ。そういえば、彼はしょっちゅう前髪をかき上げている。「つまり、彼はブロンドで、とてもハンサムなの」

　ザヒドはいやな顔をした。「きみには失望したよ、フランチェスカ。外見を何よりも重視するほど、きみは軽薄なのか？」

「あなたの口からそんなことを聞くとは面白いわね」フランキーは思わず低くつぶやいていた。

　一瞬、沈黙があった。「なんだって？」

「なんでもないわ」

「いや、なんでもなくはない」彼の声はシルクのようになめらかだが、脅すような響きがあった。「言ってごらん」

　どうして言わなきゃいけないの？　彼は平気でわたしのことを誤解して非難したくせに。「あなただって聖人ってわけじゃないでしょう、ザヒド？　ヨーロッパやアメリカへの〝出張〟を女性たちとの情事の隠れ蓑《みの》として利用しているんじゃない？」

　これほどの侮辱でなかったら笑い飛ばすところだったが、ザヒドは生まれたときから知っているフランチェスカが自分を軽蔑《けいべつ》していたらしいことに猛烈な怒りを覚えた。まるでぼくが頭の空っぽなプレイボーイであるかのような言いぐさだ。「ところで、その魅力的な情報はどこで手に入れたんだ？」

「新聞のゴシップ欄には、ご活躍ぶりがいつも満載よ。まあ、国王になってからは少なくなったみたいだけど。でもそれまでは、いろいろな女性と一緒にいるところを目撃されていたでしょう」

「なんてきみは世間知らずなんだ、フランチェスカ」かすかないら立ちをにじませて黒髪の頭を振ると、ザヒドは厳しい非難を込めて彼女をにらみつけた。「新聞で読んだことがすべて正しいと本気で信じているのか？」

「自分の目で見たことを信じているのよ。あなたの写真はどっさり見たわ。一緒にいるところを……」

　怒りと狼狽《ろうばい》のあまり、フランキーは息が詰まった。

頭の中に生々しいイメージがいっきによみがえってくる。

うっとりと見上げる魅力たっぷりのハリウッド女優と一緒にいるザヒド。込み入った法廷闘争で相手方の代理人を務めたセクシーな国際女性弁護士といるところを撮られたザヒド。もっとも、朝食代わりに食べてしまいたいわ、と言いたげな目つきで法廷代理人が依頼人の敵を見つめてはいけないとは、弁護士倫理規定には書いていないに違いない。

「ありとあらゆる女性と一緒にいるところをね」激した口調でフランキーは締めくくった。「いかにも世界を股にかけたプレイボーイって感じだったわ」

ザヒドは顔をしかめたが、公平に考えれば、フランキーの言うことにも一理あると認めないわけにはいかなかった。思いがけず王位につき、これまでよりも慎重な行動が求められるようになるまでは、確かに華やかでバラエティに富んだ女性関係を楽しんできた。しかし、たとえそうでも……。

「すると、ぼくが世界を旅しているのは、そのためだけだと思っているのか？　女性たちと遊ぶためだけだと？」

その憤慨した口調に、フランキーは彼がこれまでしてきた人道主義的な活動を思い出した。世界平和のためにつぎ込んだ莫大《ばくだい》なお金のことや、高い評価を受けた世界平和についての演説のこと。あんな写真を見て嫉妬《しっと》に苦しめられたからといって、ベッドをともにする女性にしか興味のないプレイボーイだと決めつけるべきではなかった。

フランキーは首を振った。「いいえ、もちろんそうは思っていないし、そんなふうに思っていると誤解されるようなことを言うべきじゃなかったわ」彼女はぎこちなく言うと、ミントティーのティーバッグを二つ入れたポットにお湯をつぎ、顔を上げてザヒドと視線を合わせた。「でも、たぶんそれはカヤーザフでのあらゆる束縛から離れているあいだの特典なんでしょうね」

ザヒドは短くうなずいた。フランキーはぼくのことを実によく知っている。というより、長く家族ぐるみのつき合いをしてきたからこそ、そういう考えを自由に口にすることができるのだ。それに、彼女の父親には大きな恩義があるから……。

「お父さんのことは残念だったね」不意に思い出してザヒドは言った。「葬儀に来られなくて申し訳なかった」

フランキーは唇をすぼめ、ティーポットを持ち上げた。感情を表に出しちゃだめよ、と自分に厳しく言い聞かせる。きっと取り乱してしまうから。いくら親しい間柄だとしても、国王の前で泣き崩れるわけにはいかないもの。

「事情はわかってるわ」そう答えたフランキーの声は、きいきい鳴る子どものおもちゃのようだった。「手紙で説明してくださったでしょう。王位についたばかりで国を離れられないって」

ザヒドはうなずき、当時の混乱をきわめた日々を思い返した。「そうだったんだ」

「代わりに弟さんが来てくださって、ありがたかったわ。それに、お花も送ってくださって」フランキーは大きく息を吸い込んでから言った。「とっても……とってもきれいだったわ」

ザヒドはフランキーの声が震えているのに気づいて立ち上がり、彼女の震える手からティーポットを取り上げた。「ぼくがつぐよ」

「自分でお茶をつぐなんて、だめよ」

「ばかなことを言わないでくれ。お湯の入ったポットを傾けるくらいできるさ。それとも、何から何まで人にやってもらっていると思ってるのかい？」

「ほとんどね」

かすかな笑みが彼の唇に浮かんだ。「失礼な女だな」ザヒドはそうつぶやいたとたん、思わず鮮やかなブルーの瞳をのぞき込んだ。〝女〟という言葉が飛び出して二人のあいだに浮かぶと同時に、体の奥で熱いうずきを感じて彼は息をのんだ。女……フランキーに向かってその言葉を使ったことは一度もなかった。彼女の唇をじっと見つめて、そこに口づけしたらどんな感じだろうと考えたこともなかった。その唇には口紅さえ塗られていない。サイモンは彼女にノーメイクでいてほしがるのだろうか？

フランキーは片方のカップを手に取ると、すばやく彼から離れた。手が熱いことにも気づかなかったのは、妙に緊迫した一瞬のあとでほてっている頬の熱さに比べたらたいしたことはなかったからだ。

「あの……蜂蜜《はちみつ》を出すわね」

フランキーはカップを置いて戸棚に歩み寄り、震える手で瓶を取り出してザヒドに渡した。彼が蜂蜜をスプーンですくってそれぞれのカップに入れると、淡い緑の液体の中で金色の塊が溶けていった。

ザヒドは顔を上げてさりげなく尋ねた。「それで、いつ彼と会えるのかな？」

「彼と会う？」フランキーの心臓は跳ね上がった。まさか、そんなつもりじゃないでしょう？「か、彼って誰？」

「サイモンだ」

フランキーは恐怖を抑えつけながら、ザヒドを見つめた。ザヒドとサイモンはできるだけ離しておいたほうがいい、と直感が告げている。「どうして彼に会いたいの？」

フランキーが渋っているのを見て、ザヒドはぜひともサイモンに会わなくてはという思いをいっそう強くした。「どうして会ってはいけないんだ？わが国はきみのお父さんに大きな恩義があるし、ぼくは家族ぐるみの友人だ。きみには面倒を見てくれる年長の男性の親戚《しんせき》がいないから、きみが結婚しようとしている男性に会うのは、ぼくの義務だと思っているんだ」

フランキーはザヒドの提案にうろたえていることを顔に出すまいとした。彼が自分を〝年長の男性の親戚〟というぞっとするような言葉で表現したせいだけではない。どうしても彼をサイモンに会わせたくなかったからだ。ザヒドの前では、どんな男性も色あせて見えてしまうから。

「そうね、今度あなたが町に来たときに都合がつけられるかもしれないわ」フランキーは答えた。王族の忙しいスケジュールでは、そんな私的な面会はほぼ不可能だと承知のうえでのことだ。

「でも、今夜彼に会うんじゃないのかい？　彼のためにディナーを作ろうとしていたんだろう？」

どうしてそんなことがわかったのかしら、と思ったとき、ザヒドがラップをしたチキンの皿とじゃがいもに目をやっていることに気づいた。そのかたわらには開けていないキャンドルの箱が置いてある。たぶん前世では探偵だったんでしょうね、とフランキーは不機嫌に思った。「ええ、わたしが食事を作るのよ。お忙しくなければ、あなたもご招待するところなんだけど」彼女はかすかに笑みを浮かべた。「それに、チキンの胸肉も二枚しかないし」

フランキーのぶしつけな言い方にザヒドは笑いだしそうになったが、それでますます決意は固くなった。彼は相手にノーと言われることに慣れていなかった。それに、好奇心をくすぐられてもいた。彼女は何を隠そうとしているのだろう？

「婚約したばかりの女性は料理なんてするべきじゃないよ。単調な家事から解放されて、ロマンスを楽しむべきだ。だから、代わりにぼくがきみとサイモンをディナーに招待しよう」

「いえ、本当に――」

「いや、本当にぜひそうさせてくれ。このあたりでいいレストランはどこかな？」

「ル・プール・オ・ポはとてもいいお店だけど、今からでは絶対に予約がとれないわ」

「世間知らずなことを言わないでくれ、フランチェスカ。ぼくはいつでも予約ができる。じゃ、その店で八時半に会おう」ザヒドはきっぱりと言うと、口をつけていないお茶を押しやって立ち上がった。

フランキーもあわてて立ち上がり、圧倒的な彼の存在感に気圧《けお》されながら、鷹《たか》を思わせる顔を見上げた。「あなたの気を変えさせようとしても無駄なんでしょうね？」

「まったく無駄だね」黒い目が食い入るように彼女を見つめた。「それに、そんなまねはしたくないだろう？」

やれるものならやってごらん、と言わんばかりのその言葉には返事をしたくなかった。ただ、サイモンと二人で、子どものころから知っている権力ある男性の前に出なければならないと考えただけで、どうしようもなく不安になった。

ザヒドはフランキーの仰向けた顔と、なぜかキスをしたくなるその唇を見つめた。不安そうなブルーの目を彼に向け、白い歯で唇を噛んでいるフランキーはとても弱々しく、たまらなくセクシーに見える。今日ここに来たのは運命のいたずらなのかもしれない、とザヒドは思った。

「では、遅れないように」彼は穏やかにつけ加えた。

3

「笑って、ベイビー、ほら、リラックスして。これから楽しいことが待っているんだから」

リラックスですって？　フランキーが苦い不安をのみ込んだとき、サイモンはル・プール・オ・ポの駐車場の一つだけ空いたスペースに車を滑り込ませた。これからザヒドと一緒に食事をするというのに、どうしてリラックスできるの？　出かける支度をしているあいだ、いくつもの疑問がフランキーの頭の中を駆けめぐっていた。どうして国王という地位にある人がわざわざわたしたち二人をディナーに連れていくなんて言いだしたのかしら？　実はサイモンを吟味し、値踏みして、わたしにふさわしいかどうか確かめたいから？　だとしたら、それはずいぶんと古くさい考え方じゃないかしら？

「出かけたくなかったわ」神経質にネックレスをいじりながらフランキーは言った。「家で静かに食事をするほうがよかった。計画どおりに」

サイモンは車をとめると、バックミラーで自分の姿をちらっと確認した。「どうかしてるんじゃないか？　シークと親友だっていうのに――」

「わたしたちは〝親友〟というわけじゃないわ」

「でも、ぼくたちを食事に招待してくれるほど親しいじゃないか。それなのに、古いキッチンで手作りの料理を食べるほうがいいのかい？　まったく、きみは異星人だな。王族と食事をしたと、早くみんなに話したくてうずうずするよ」

「でも、話すわけにはいかないのよ」フランキーは心配になって釘《くぎ》をさした。「これは重要なことよ。誰にも話さないで。プライバシーの侵害になるから。

そもそも、ああいう人たちにはほとんどプライバシーがないけど」

　サイモンは硬い笑みを浮かべた。「あまり現実離れしたことを言うのはやめにしようよ。秘書から礼儀について教えてもらう必要はない」彼はフランキーの膝をぎゅっと握った。「たとえ秘書がたまたま婚約者であってもね」

　フランキーは弱々しい、こわばった笑みを返した。レストランに入っていったときは胸の鼓動が速くなっていたが、ザヒドが来ていないと知って、心の底からほっとした。テーブルに案内されながら、結局彼は来ないことにしたのかもしれない、とフランキーは思った。もっと重要なこと、もっと美しい人を選んだのだろう、と。そのうち給仕長がそっとテーブルにやってきて、彼にはのっぴきならない用事ができたと伝えてくれるはず……。

「こんばんは、フランチェスカ」

　すっかりもの思いにふけっていたので、フランキーはシークが店に入ってきたのに気づかなかった。顔を上げると、ザヒドは浅黒い肌をした神のようにテーブルの前に立っていた。サイモンは長く消息を断っていた兄が現れたかのように勢いよく立ち上がった。シークを抱き締めるつもりかもしれないと、一瞬、フランキーはぞっとした。

　しかし、ザヒドはそんななれなれしさを拒絶するかのようによそよそしく握手の手を差し伸べ、さらによそよそしい笑みを向けた。「きみがサイモンだね」

「あなたがザヒドですね。あなたのことはフランキーから何もかもすっかり聞いています」

「そうなのかい？」黒い目がちらりと自分のほうに向けられたので、彼女はあわてて立ち上がろうとしたが、ザヒドがそのまま、と身ぶりで示した。

「もちろん、話していないわ」フランキーは声をひそめて続けた。「あなたも座ってちょうだい、ザヒド。みんなが見ているわ」

それは本当だった。どちらかと言えば落ち着いた感じの客たちの視線すら、見事な仕立てのスーツに身を包んだ長身の男性と、入口わきのテーブルに陣取るいかつい外見の二人のボディガードに向けられているようだ。フランキーはため息をついた。ボディガードがいなくても、ザヒドは権力と富と危険な男性的魅力を発散していたので、レストランにいるすべての女性がそれに反応していた。シルバーのドレスを着てゴールドのアクセサリーをありったけ首に巻きつけたブロンド女性は、真っ赤に塗った唇でザヒドにほほ笑みかけている。

だが、ザヒドは自分の存在がそんな反応を巻き起こしていることにも気づかぬ様子で、店内に背を向けて座った。とたんにフランキーには経験がないほどすばやく二人のウエイターが現れてサービスを始めた。そういえば、彼と外食するのは初めてだと彼女は気づいた。おそらくザヒドはいつもこういう待遇を受けているのだろう。あらゆる望みが受け入れられ、すぐさまかなえられる。彼の態度がいかにも自信にあふれ……傲慢《ごうまん》になるのも無理はない。

ザヒド自身はワインを断り、明らかに飲みたがっている様子のサイモンのためにシャンパンを注文すると、椅子の背によりかかった。

「おめでとうと言うべきなんだろうね、サイモン」彼は低い声で言った。「きみは本当に幸運な男だ」

サイモンはシャンパンを口に含むと、ボトルのラベルを称賛の目で眺めた。「いや、まったくです。でも当然、最初に婚約を発表したときは、たくさんの人がえっと驚いたものですよ」

ザヒドは糊《のり》のきいたテーブルクロスの上でゆっくりと指を曲げてこぶしを握った。「本当に？」彼は冷ややかに尋ねた。

サイモンはテーブル越しに身を乗り出し、男同士の会話だとでもいうように打ち明けた。「ええ、ぼくの友人の多くは最初、びっくりしましてね」

フランキーはもじもじした。そのあとの話の流れはわかっていたし、サイモンが自分の外見に及ぼした劇的な変化について自慢することを、普段なら気にしなかった。ただ、ザヒドにそれを聞かれるのはなぜか気が進まなかった。「ザヒドはそんな話、興味がないわ」彼女はあわてて口をはさんだ。

「いや、興味があるよ」シークは訂正した。「実を言うと、興味津々だ。続けてくれ、サイモン」

サイモンは打ち解けた様子で肩をすくめた。「実は、フランキーはぼくのこれまでのタイプと全然違うんです。ぼくの会社で働くようになったとき、ちょっと風変わりに見えたと言ってもフランキーは気にしないでしょう。そうだろう、ダーリン？　だから、ぼくは髪を伸ばし、眼鏡をやめて、もっと体の線を強調する服を着るようにアドバイスしたんです。そうしたら、ほら、見事、大変身！」サイモンはブロンドの髪を額からかき上げ、かつてはフランキーの膝を震えさせた甘い笑みを彼女に向けた。「今の彼女を見てください」

ザヒドは首をめぐらして、肩を落とし、ひどく恥ずかしそうな顔をしているフランチェスカを見た。自分自身、彼女の変身ぶりに驚いたとはいえ、それをこんなふうに口にすることは絶対にないだろう。まるで初めての重要なレースのために調教した馬を自慢するかのように、恋人について話題にすることは絶対にない。怒りが胸の底からじわじわとわき上がってきた。フランチェスカはこんな男に運命をゆだねるつもりなのか？　こんなふうに彼女を侮辱する男に？　強壮剤のようにごくごくとシャンパンを飲んでいる、童顔のブロンドの男に！

「なるほど、きみは彼女を新しいおもちゃみたいに見せびらかしているんだな」ザヒドは静かに言った。

「それも抱き締めたくなるようなおもちゃをね」サイモンが言った。

フランキーはザヒドのことをよく知っていたので、今、彼がひどく怒っているのがわかった。もちろんサイモンだって、ザヒドのこめかみでひくついている青筋や、テーブルクロスの上で長い指を曲げ伸ばししているのが目に入らないはずがないのに、どうして黙ろうとしないのかしら？　フランキーは下手なことを言わないでとサイモンに目配せしたが、彼は気づきもしなかった。王族と食事をしていることにすっかり舞い上がっているらしい。

「あの……そろそろ料理を注文しましょうか？」フランキーはあわてて提案した。

「ああ、そうしよう」サイモンはいかにも支払いをする必要がないと承知している人間らしく、貪欲《どんよく》にメニューに目を通した。「ぼくは前菜はフォアグラ、メインは鴨《かも》のオレンジソースにするよ」

テーブル越しに向けられたザヒドの黒い目に嘲《あざけ》りと軽蔑《けいべつ》が浮かんでいる気がして、フランキーは落ち着かなくなった。普段のサイモンはこんなふうではないと説明しようかとも思ったが、結局、こわばった微笑をザヒドに返しただけだった。

「フランチェスカは？」ザヒドが尋ねた。

彼女はまったく空腹を感じなかったが、婚約者が贅沢《ぜいたく》な料理をがつがつ詰め込んでいるあいだ、空っぽの皿を前に座っているわけにもいかない。「それじゃ、サラダと……魚料理をいただくわ」

「ぼくも同じものにしよう」ザヒドは言うと、ぴしゃりと革表紙のメニューを閉じて、給仕長に返した。

「きみはワインも飲むだろう、サイモン？」

「ぜひとも」サイモンはにっこりした。「帰りはフランキーが運転すればいいですから。いいだろう、ダーリン？」

「もちろん」

飲み物と最初の料理が運ばれてきて、フォアグラをほとんど平らげてしまうと、サイモンはワインでますます気が大きくなったのか、前髪をかき上げてザヒドに笑いかけた。

「彼女の一家とどうしてこんなに親しくなったのか、まだよくわからないんですが、ザヒド。お父上同士が友人でしたっけ？」

ザヒドはうなずいた。この男と会話をしたくないと思う理由はまったくないはずだった。ただ、サイモンの何かがザヒドを不愉快にさせていた。フランチェスカの様子をちらりとうかがうと、食欲がなさそうにサラダをつついている。そして、いつの間にかザヒドの目は、シルクの黒いドレスで強調されたクリーム色の胸元の魅惑的な曲線に吸い寄せられていた。

不意にわき上がった欲望を抑え込んで、ザヒドはサイモンを見た。「父親同士は確かに友人だった。大学時代に出会って、生涯つき合いを続けたんだ。知っているだろう、フランチェスカの父上が地質学者だということは？」

「ああ、もちろん会ったことはありませんけどね。お父さんは天才的な方だったらしいですね。ただ、かなり変わっていたようだ。頭のいかれた教授タイプだったんでしょうね」

フランキーがさっと顔を上げた。その頬は紅潮していた。「いかれてなんかいないわ。父は少し変わっていただけよ」

「彼は本当に天才だった」ザヒドが冷ややかに言った。「砂漠にある珍しい累層に関する彼の新たな研究のおかげで、われわれはカヤーザフの最初の油田を発見したんだ。その発見によって莫大《ばくだい》な富が、困窮していたわが国にもたらされた」彼はフランキーと視線を合わせ、そっとほほ笑んだ。「だから彼にはいつも恩義を感じているんだ」

　サイモンはグラスの中でルビー色のワインをまわし、ごくりと飲んだ。「ああ、だからあなたの父上はあの家と土地を贈ったんですね」

　ザヒドが問いかけるようにフランキーに向かって眉を上げた。わたしがそのことを吹聴《ふいちょう》して二人の友情を汚したと彼は思っているのかしら？　フランキーはあわてて釈明した。

「サイモンがどうしても理解できないって言ったのよ。わたしたちが高級住宅地にあんなに大きな家を持っていながら、お金が……」

「お金がないのがね！」サイモンが陽気にあとを引き取った。「フランキーは業界で言うところの不動産長者、現金貧乏なんですよ。いわば宝の山の上に座っているんですけどね。あのあたりの地価からして、彼女の家はひと財産になります。だから、できるだけ早く売りに出すつもりなんですよ」

　奇妙な沈黙が広がった。フランキーはザヒドの目に失望が浮かんでいるのを見た。

「あの家を売るつもりなのかい？」ザヒドが穏やかに尋ねた。

「大きすぎるから」フランキーは困ったように答えた。そんなに責めるような目つきで見ないでくれたらいいのに。

「でも、きみはあの家が好きなんだろう、フランチェスカ」

　彼女は唇を噛《か》んだ。もちろん大好きよ。思い出がたくさん詰まった古い家。とても大きくて美しいあの家の地下には、今は使われていない実験室がある。父はいつもそこで仕事をしていた。見事に設計された広い庭もあり、季節ごとにすばらしい景色を見せてくれる。しかし、フランキーには家の維持費はまかなえないし、庭はとても一人で手入れできる広さではない。そして、サイモンも屋敷を引き受けるのをいやがったのだ。

「それに、維持にとてもお金がかかるし」フランキーはつけ加えたが、ザヒドの不機嫌な表情は少しもやわらがなかった。

サイモンがうなずいた。「あれがないほうがずっと楽になりますよ。ちょっとペンキを塗り直して、外にいくつかハンギングバスケットをぶらさげたら、あっという間に売れるって彼女に言ったんです」サイモンは小指にはめた認印つきの指輪をいじりながら、フランキーにウインクした。「そうすれば、ぼくたちは町の中心部に建てられている新築の家に引っ越せる。言うことなしだよね、ダーリン？」

「すべて計画ずみというわけだね、サイモン」ザヒドがゆっくりと言った。

サイモンはうなずいた。「そうせざるをえないってことですね。フランキーはたいていぼうっとしているから、導いてやる人が必要なだけです」

「で、きみは自分がそれに適任だと思っているんだね？」

「彼女の婚約者ですから、適任でしょうね」

フランキーは顔をしかめた。そこに座っていても部外者のような気がして、黙って料理をつつきながら、二人の男性が会話の応酬をしているのを聞いていた。ザヒドはまるで重大犯罪の容疑者であるかのようにサイモンを尋問している。一方、サイモンはこれみよがしにふるまっている。

まるで見物人のように二人のやり取りを見ているうちに、フランキーは気がつくとザヒドの目を通してサイモンを見ていた。

ブロンドの婚約者の快活な自信。かつてはそれが彼女の心をとらえたが、今はただ尊大でうぬぼれているようにしか見えなかった。単なる偶然？　それともザヒドがわざとそう仕向けている？　サイモンを悪く見せようとして、とげを含んだ質問ばかりしているのかしら？

でも、いったいどうしてザヒドがそんなまねをするの？

ザヒドの動機がなんであれ、気になるわけではない。彼も、彼の動機も、わたしの人生には関係ないのだから。わたしはサイモンを愛している。彼は生まれて初めての本物の恋人。もうそんな人は現れないとあきらめかけたときにサイモンと出会ったのだ。わたしが誰かをとても必要としていたときに彼は現れて、この数年、病気の父親の看病をしていたせいで学位も取っていなかったわたしに仕事を与えてくれた。そのうえ、パブやレストラン、映画館に連れていって、普通の生活がどういうものかを教えてくれた。そして風変わりな女の子から、一緒に連れ歩いても恥ずかしくない女性に変えてくれた。そのことがどんなにうれしかったか……どんなにサイモンに感謝しているか。

サイモンはいそいそとデザートを頼んだが、フランキーはデザートもブランデーも断った。ようやく食事が終わったときにはほっとした。だが、勘定書のような下品なものは差し出されないことにフランキーは気づいた。ボディガードの一人が給仕長と話していたので、彼が支払いをすませたのだろう。

「ご、ごちそうさまでした、ザヒド」サイモンはふらつきながら立ち上がった。

しかし、ザヒドはフランキーにしか注意を向けていなかった。「ちゃんと家まで帰れるかい？」眉をひそめて尋ねる。

「わたしは水しか飲んでいないわ」

「暗いし、ボディガードに運転させようか？」

フランキーはほほ笑んだ。なんて古風な人なのかしら！「ちゃんと家まで自分で運転して帰れるわ、ザヒド。暗くても平気よ。わたしの視力は完璧《かんぺき》だし、家はすぐ近くだし」

それでもザヒドはまったく納得していなかった。フランチェスカがクローク係からコートを受け取っている。ぼくに言わせれば、安っぽいコートだ。彼女はそれをはおり、ミルク色の腕を覆ってしまった。食事のあいだずっとぼくの視線を惹《ひ》きつけていたその肌を。

サイモンはあとで、このコートとドレスをはぎ取るのだろうか？　そう考えたとたん、覚えのない感情が体を貫いた。血がどろりと濃くなったような気がして、体が熱くなる。それは欲望のようでもあったが、何か別のものも潜んでいた。暗くて苦くて不快なものが……まさか、嫉妬《しっと》ではないだろう？　ザヒドはかぶりを振った。どうしてぼくが小さなフランチェスカ・オハラの恋人に嫉妬するんだ？　どんな女性でも手に入れられるというのに。

ただ、彼女はもう小さくない。背丈も……それに……ザヒドはつばをのみ込んだ。最後に会ったとき、フランチェスカはまるっきり平らな胸をしていた。それとも、当時いつも着ていた服のせいでそう見えていただけなのか？

「本当にごちそうさまでした、ザヒド」

フランチェスカがほほ笑みかけている。昔と同じようにカーブを描く唇の両端に深いえくぼができている。それを目にすると、ザヒドはあらためて保護者意識をかき立てられた。

フランチェスカが十歳のとき、なくなったバドミントンの羽根を捜して大きな木に登り、そこで身動きがとれなくなった事件が思い出された。ザヒドは木を登っていき、歯をがちがち鳴らして恐怖にすくんでいる彼女におどけた説教をして救い出したのだった。あのときフランチェスカは彼の首に両腕をまわし、小猿のようにしがみついていた。

彼女の父親が亡くなったときは、やはりそばにいてやるべきだった。どうして弟はフランチェスカが沈み込んでいると報告しなかったのだろう？　フランチェスカは悲しみに沈んでいる。今だって。それは誰の目にも明らかだ。

　サイモンが若いウエイトレスに気安くほほ笑みかけ、巧みに誘いをかけているのが目に入った。しかし、フランチェスカはまったく気づいていないようだ。

　うつむいて薄手のコートのボタンをはめている彼女の指で派手な婚約指輪がぎらつくのを見て、ザヒドは唇を引き結んだ。あの石と同じ大きさのダイヤモンドを買うためには大枚をはたかなくてはならないだろう。彼女のハンサムな婚約者よりもずっと彼女に夢中な男なら、そうするだろうが。

「すぐに国に帰るの、ザヒド？」

　フランチェスカが体を寄せて尋ねたので、彼女のかすかな香りがした。雨に洗われた薔薇《ばら》の花びらの香りだ。とたんに、ザヒドの肌に心を乱す震えが走った。

「どうして？」ザヒドはうわの空で問い返した。

　フランチェスカはまた愛らしいえくぼを見せてほほ笑んだ。「申し訳なく思っているの。今夜はあなたの話をまったくしなかったでしょう。わたし、カヤーザフの話を聞くのを楽しみにしていたのに」

「申し訳ないなんて思わなくていい。またすぐに会えるよ。そのときに、きみの知りたいことを残らず話してあげよう」

　フランキーはあいまいな笑みを返した。ザヒドがイギリスを訪れることはめったにないのはわかっている。でも、それはいいことなのかもしれないと彼女は気づいた。ザヒド・アル・ハカムと頻繁に会っていたら、女性は自分の運命に満足できなくなってしまう。「すぐって、来年くらい？」冗談まじりに尋ねた。

「いや、来年ではなく、来週だ。今週はずっとヨーロッパで仕事があるんだが、それがすんだら、また来る」

「また来る？」フランキーは不安そうにきき返すと、あたりを見まわしてサイモンの姿を捜した。あのウエイトレスは彼に何を話しているのかしら？　サイモンはずいぶん熱心に聞き入っているようだけれど。

「また来るって、どこに？」

「そんなにびくびくすることはないよ、フランチェスカ。まだいろいろと積もる話があると思っただけさ」ザヒドはちらりとサイモンを見た。サイモンは若いウエイトレスにさらに体を寄せている。「またきみを訪ねても、きみの婚約者に異存はないだろうから」

　フランキーは金魚のようにぱくぱく口を開けたり閉じたりした。反対できるわけがなかった。たとえ外交的視点から国王の希望は拒絶できないという原則がなくても。あなたは男性として危険で心をかき乱すから、訪ねてくるのはいい考えではないわ、とは言えなかった。そんなことを言ったら、彼は笑い飛ばすだろう。

　フランキーはおとなしくうなずき、不安が顔に表れていませんようにと祈った。「わかったわ。あの……楽しみにしています」

「ああ、ぼくもだ」ザヒドは穏やかに応じた。

4

レストランでの気まずい食事のあと、また来るというザヒドの約束はその場の思いつきにすぎなかったのだ、とフランキーは思い込もうとした。たぶん、本気で言ったのではないのだろう。〝ぜひ、また近いうちにお会いしましょう〟といった、別れ際によく口にされる挨拶《あいさつ》にすぎなかったのだ、と。そして結局、何年も会うことはない。

だが、フランキーは間違っていた。彼の側近が電話で連絡してきたのだ。国王陛下は土曜日の午後にそちらにお着きになられ、あなたと二人きりでお会いしたいとおっしゃっています、と。

二人きりで？

フランキーはそわそわとまばゆく輝く婚約指輪をいじった。まるでそれが煙のように消えるのではないかと恐れてでもいるように。良心がかすかにとがめ、サイモンがどう言うかとずっと心配だった。

不安を覚えながらフランキーはザヒドの訪問について話したが、サイモンはまったく気にしていなかった。それどころか、国王の訪問を知ってはしゃいでいるようだった。

「きみに結婚祝いのプレゼントをくれるつもりなのかもしれないぞ。できれば、大金の小切手にしてくれるといいな」

「まるで欲得ずくみたいな言い方ね」

「ぼくは経営者だよ、スウィートハート。欲得ずくはこの仕事につきものさ。彼と会うときに、どこかの土地に投資するように持ちかけられないかな？　あの丘の上のばかでかくて目ざわりな物件に、中東の金をつぎ込んでもらえるといいんだけど」

「それは無理ね」フランキーはかすかな笑みを浮かべて言うと、サイモンのオフィスを出た。

ザヒドと食事をした夜から、ざわついた気持ちが胸の奥に居座っている。あのときまで、フランキーは自分の運命にかなり満足していた。サイモンの妻になることも、新しい生活も楽しみだった。ところが今は何もかもが変わってしまった。心の底ではその理由もわかっている。何年ぶりかで、また魅惑的な砂漠の王と会ったせいなのだ。

再会以来、精悍《せいかん》な面影がひっきりなしに頭に浮かび、ゆうべは夢にまで彼が現れた。高校生が見るようなばかげた夢の中で、ザヒドは黒い愛馬で砂漠を駆けてくると、彼女を抱き上げ、鞍《くら》の自分の前に座らせた。

それで今朝は心臓が早鐘のように打ち、胃がきゅっと締めつけられるような感じがして目を覚ましたのだ。サイモンと結婚しようとしているときに、ザヒドに対してそんなときめきを感じていることに、フランキーは痛烈な罪悪感を覚えた。

子どものとき、ザヒドが父親と訪ねてくるときにしたのと同じように、フランキーは心をこめて彼の訪問に備えて準備した。最近は以前よりも上手に家を掃除できるようになり、キッチンをレモンの香りで満たす手作りのケーキにも大きな穴があかなくなった。

サイモンがくれた淡い色の薔薇《ばら》はすでに枯れていたので、着古したレインコートをはおり、外に出て花を探すことにした。サイモンには言っていないが、フランキーは花屋の温室栽培の花より、庭で育てた花のほうが好きだった。それにこの庭ではいつでも、何かしら花を見つくろうことができる。

フランキーはこの庭が大好きだった。サイモンが目をつけている町中の家に引っ越したら、きっと寂しくなるだろう。そこでは〝手入れの簡単な〟れんがを敷き詰めた小さな中庭しかないのだから。

十一月の霧が蜘蛛《くも》の巣にダイヤモンドをちりばめ、濡《ぬ》れた芝生には木の葉がキャンディの包み紙のように散らばっている。剪定《せんてい》ばさみを手に、フランキーはローズヒップやベリーの実がなっている枝を切り始め、ほどなくバスケットは半分ほど埋まった。大きな銅製の壺《つぼ》に生けたら、濃い緑の葉と赤い実が銅の色に映え、キッチンをぱっと華やかにしてくれるだろう。

力強いエンジンの音にはっとして振り向くと、ザヒドのスポーツカーが私道を走ってきて、彼女のかなりくたびれた車の隣にとまった。

フランキーは降りてくるザヒドを見て、あらためて彼のカメレオン的な才能を認識した。今日の服は高価ではあってもカジュアルで、見とれずにはいられないほどすてきだった。色あせたジーンズはたくましい脚にぴったりと張りつき、革ジャケットの下からは漆黒の髪とよく合う黒いカシミヤのセーターがのぞいている。そのいかめしい顔に視線を移すと、胸の鼓動が乱れ始め、フランキーは思わず手にしていた剪定ばさみをぎゅっと握り締めた。わたしはどれほど不実な女なのかしら？　婚約者以外の男性の姿を目にして、こんなに胸をときめかすなんて。いったいどうしてしまったの？

フランキーはバスケットを置くと、湿った芝生を歩いて彼を出迎えに行き、無理に笑みを作った。

「こんにちは、ザヒド」

「フランチェスカ」ザヒドは挨拶を返しながら、今日の彼女は本当に若く無垢《むく》に見えると考えていた。しかも、だぶだぶの着古したレインコートに古びた長靴をはいている姿は、彼の知っている昔のフランチェスカを思い起こさせる。しかし、霧にしっとりと濡れた黒髪はなめらかに肩に垂れ、最近気づいたとおり、目の色ははっとするほど鮮やかなブルーだ。

彼女はもはやあどけない少女ではないのだ、とザヒドは思った。無垢でもない。胸が奇妙に締めつけられ、怒りがわき上がるのを感じたが、どうにか抑え込んだ。「このあいだの食事のあと、サイモンは大丈夫だったのかな？」

「ええ、大丈夫よ。翌日はちょっと頭痛がしたみたいだけど。あなたにディナーのお礼を伝えてほしいと言ってたわ……それから、失礼がなかったらいいけれどって」

黒い目が射るように彼女を見つめた。「彼はいつもあんなに飲むのかい？」

「いいえ、そんなことないわ。あなたに会って、ちょっと緊張していたせいなのよ。そういうことってよくあるでしょう。サイモンみたいな一般の人にとって、本物のシークと食事するなんてことは毎日あるわけじゃないもの」

「そうかもしれないが、あれは幼稚で不適切な態度だった。いい大人のくせして……彼は何歳なんだ、フランチェスカ？」

「二十八歳よ。まだ年金ももらってないわ」ザヒドが笑みを返してこないので、フランキーは眉をひそめた。「今日はサイモンについて話すためにここへ来たの？」

「実を言うと、そうなんだ」

フランキーはまじまじとザヒドを見た。「不適切と言うなら、わたしの婚約者について陰でこそこそ話すのもそれに当たるんじゃないかしら？ 確かに、彼はちょっと酔っ払ったわ。ときにはそういうこともあるでしょう。たぶん、カヤーザフでもあるわよ。あなたが知らないだけで」

「少なくとも、国王の前で酔っ払う度胸のある人間は一人もいない」ザヒドはぴしゃりと言い返してから大きく息を吸い、今日は目的があって来たことを自分に思い出させた。愉快な目的ではない。ただ、自分の発見がフランチェスカに与える衝撃を少なくするために、ありったけの外交的手腕を駆使する必要があった。「ちょっと庭を歩かないか？」

その言葉にフランキーはほほ笑んだ。「暖かい家の中に入らなくていいの？　ケーキを焼いたのよ」

ザヒドはいつになく後ろめたさを感じた。午前中かけて彼女はぼくのためにケーキを焼いてくれた。昔のように。そのあいだぼくは情報を集めていたのだ。それによって……。

「せっかくだが、ケーキはけっこうだ」一瞬、彼女の顔を傷ついた表情がよぎるのを見て、ザヒドは陳腐な言葉を口にした。「手間をかけさせて申し訳なかった」

「あなたの好きなレモンケーキでも？」

「フランチェスカ……」ザヒドは手にしている不愉快な情報を口にするのをためらった。「サイモンとどんなふうに出会ったのか教えてくれ」

「あら、またそんな話？　本当にそんなことが気になるの？」

「ああ」ザヒドの視線は揺るがなかった。「とても気になる」

フランキーはザヒドを見つめながら、このあいだ彼が言っていたことを思い出していた。たしか、自分にはサイモンと会う〝義務〟があるとか。だとしても、これは少し行きすぎじゃないかしら？「これも保護者代理としての質問なの？」

保護者？　ザヒドは顔をしかめた。今は保護者の気分とはほど遠い。彼女の目が海のように青くて深い色なので、ザヒドはその目に飛び込めそうな気がした。「いいから質問に答えるんだ」

フランキーはため息をついて、答えるしかないと観念した。「父が亡くなったあと、彼がこの家に訪ねてきて知り合ったの」

ザヒドはうなずいた。「それじゃ、サイモンはお父さんと知り合いだったんだね？　お悔やみを言いに来てくれたのかい？」

フランキーは唇を噛《か》んだ。これから告げる情報は、自分でもあまり納得していないことだったからだ。ビジネス界の人間は商売をうまくやっていくためにとても社交的なのだ、とサイモンは説明してくれたけれど。

「そういうわけでもないのよ」フランキーは重い口を開いた。「新聞で死亡記事を読んで、ここへやってきて……」

「きみが家を売りたがっているかどうか、調べに来たんだな？」

フランキーはザヒドの鋭い目に射すくめられて顔を赤らめた。「たぶんそうでしょうね」

「まるで救急車を追いかけていって仕事にありつこうとする卑劣な弁護士みたいだな」その言葉はよく考えないうちに口から滑り出ていた。

フランキーは凍りついた。「彼を批判しないで！　どういう事情か、あなたにわかるの、ザヒド？　あなたはシークで、国が貧しかったときですら、宮殿に住んで使用人にかしづかれていたでしょう。かたやサイモンは、世の中を渡っていくために闘わなくちゃならないのよ」

「それは気の毒に。心が痛むよ」

その言い方にフランキーはかっとなり、詰め寄らんばかりに彼のほうへ一歩踏み出した。すると、ザヒドは氷のように冷ややかな声で彼女の足をとめた。

「きみはわれを忘れているんだ！　きみのすることにはかなり寛容になっているつもりだ、フランチェスカ。ただし、限度というものがある」

「わたしの婚約者を侮辱しておいて、わたしがそれをおとなしく受け入れると思っているの？」

「ぼくがどうしてこの話題を持ち出したのか、きみは興味すらないのか？」

その口調に不穏なものを感じ、フランキーは反抗的な態度の陰に逃げ込んだ。「よけいな口出しをするため？」

「ぼくのスケジュールは常に詰まっていて、よけいな口出しをする余裕なんてないんだ。しかも、大切に思っている人たち対してそんなことをするわけがない。次に何があったのか話してくれ。最初にサイモンが来たあとで」

フランキーは答えたくなかった。あるいは話題を変えたかった。でも、何も隠すことがないなら、どうして彼の質問に答えるのをためらわなきゃいけないの？「どうしても必要にならない限り、家を売るつもりはないと彼に言ったの。それから、仕事を探していることも話したわ」

ザヒドはうなずいた。「それで仕事をくれたんだね。それからきみを変身させて、すぐにプロポーズ。きみが結婚を承諾すると、彼は家を売るのが何よりきみのためだと説得したわけか」

フランキーは髪の生え際まで真っ赤になった。ザヒドの言い方だと、それこそ……まるで……欲得ずくみたいじゃないの。まるでサイモンがすべてたくらんだみたいに。「よくあることでしょう」

「確かに。だが、ぼくの言うとおりなんだろう？」

「そのとおりよ、ザヒド。あなたはいつも正しいわ」

「そして、きみはそれを少しも不審だとは思っていないんだね？」

「思うわけがないでしょう。わたしはあなたほど疑い深くないのかもしれないわね。人のいいところを考えるたちなのよ。それにサイモンはわたしを愛しているのよ」

「本当にそうか？」

フランキーはザヒドの重々しい口調にいやな予感がして、背筋が冷たくなった。「もちろんよ」

「彼はどのくらいきみを愛していると思う？」

「何を言いたいの？　わたしと結婚したいと思うくらいでしょう」

　とうてい外交的手腕など役に立たない、とザヒドは悟った。彼女を傷つけずに真実を伝える方法はないのだ。「それはどうかな」

「謎《なぞ》めいた言い方はやめてもらえない？　どうかなって、どういう意味？」

　一瞬、沈黙が落ちた。狙撃手《そげきしゅ》が銃弾を発射する直前の静寂に似た沈黙が。それからザヒドは口を開いた。「彼には別の女性がいるんだ」

　フランキーの鼓動が激しくなった。「なんですって？」かすれた声で問い返す。

「サイモンには別の女性がいる。ほかに恋人がいるんだ」

　フランキーは首を振り、両手を頬に当てた。「まさか！　あなたの作り話よ」

「ぼくがどうしてそんなまねをするんだ？」

「知るもんですか！」

　フランキーの顔が青ざめ、ぐらりと体が揺らいだので、ザヒドはとっさに手を伸ばして支えた。フランチェスカが気を失いそうになるような事実を突きつけたのは残酷すぎただろうか？　もっと如才なく、穏やかに伝えるはずじゃなかったのか？　ほかに方法はあったはずだ。

　母国語で短く罵《ののし》ると、ザヒドはフランキーの拒絶の言葉には耳を貸さず、彼女の膝の裏に腕を差し入れて抱き上げた。引き締まった若い体を意識して、ザヒドは体が熱くなった。指先がしなやかな腿の曲線に触れ、もたれかかる彼女の胸のやわらかな重みが胸に感じられる。フランキーを抱いて家に向かいながら、ザヒドは罪悪感とないまぜになった興奮を感じていた。

　リビングのソファに彼女を下ろすと、ザヒドはその前にしゃがみ込んだ。「フランチェスカ――」

「あっちに行って」彼女はかすれ声で言った。

「本当のことを知りたくないのか？」

「本当じゃないもの！　わたしと婚約しているのに、どうしてほかの女性が必要なの？」でも、それはサイモンがわたしとベッドをともにすることについて、信じられないほど慎重な理由を説明してくれるんじゃない？　本当は古風な道徳観念とはまるっきり関係ないのかもしれない。実は彼には初めから別の女性がいて、変身しようがしまいが、わたしに魅力なんて感じていなかったのでは？

「証拠が必要か？」

少し冷静さを取り戻して、フランキーは体を起こした。「ええ、証拠を見せて。もっとも、そんなものはないんじゃない？　サイモンがちょっとばかり飲みすぎたせいで、彼ではわたしにふさわしくないと、あなたが勝手に判断しただけなのよ」

「彼がきみにふさわしくないというのは当たっているよ」ザヒドはむっつりと言うと、立ち上がって外に出ていき、車の助手席から封筒を取って戻ってきた。フランチェスカが気を変えて、自分の言うことを素直に信じてくれればいいと願っていたが、彼女の顔をひと目見て、その反抗的な表情に覚悟を決めた。これを見せるしかない。

ザヒドは封筒からモノクロ写真を数枚取り出し、無言でそれを彼女に渡した。

指が凍え、全身が無感覚になったような気がしながら、フランキーは両手の上の写真を見下ろした。

車をロックしているサイモン。なんでもない写真だが、よく見ると家の戸口に誰かが立って彼に手を振っている。ショーツをどうにか隠せるくらいの短いスカートをはいた、すらりとしたブロンドの女性だ。

次の写真では、サイモンはやさしくその女性を抱き締めていて、フランキーはあくまで否定することで救いを求めようとした。

「彼女は妹か、いとこかもしれないわ」

「そうかな？」ザヒドが言い、フランキーは三枚目の写真を引き抜いた。「だとしたら、ずいぶんと仲のいい家族だな」

　この写真は決定的だった。誤解の余地はなかった。そのクローズアップされた写真で、サイモンは女性の喉にどれほど長く舌を這《は》わせられるかの世界新記録を樹立しそうだった。いつも彼がする慎み深いキスと比べて、フランキーは体が震えた。サイモンがわたしに触れようとしなかったのは、敬意のせいではなかった。別の女性がいたからなのね。本当に愛していて、欲望を感じている女性が。単に財産を絞り取ろうとしている相手ではなく。

　フランキーは小さく悲嘆の声をあげ、ばらばらと写真を落とした。絶望のあまり、ザヒドに当たらずにはいられなかった。

「サイモンを尾行させたのね！」屈辱の熱い涙がわき上がるのを感じながら、フランキーは非難した。「そんなことをする権利があなたにあるの？」

「フランチェスカ」ザヒドはやさしく語りかけた。「間違った相手に怒りをぶつけていないかい？　きみのためにしたことだよ」

「だ、だけど、どうしてなの？」フランキーはすすり泣いた。「どうしてそんなことをしたの？　しばらくのあいだでも、わたしを幸せにしておいてくれることはできなかったの？」涙があふれ、頬を伝っていく。

「嘘《うそ》の上に築かれた関係で、本当に幸せになれると思っているのか？」彼は尋ねたが、フランキーは答えなかった。「いずれ、サイモンがさらに不誠実なことがわかる羽目になっただろう。そうしたら、もっときみは傷ついたはずだ。そんな人生を求めているのか、フランチェスカ？」

フランキーはよろめきながら立ち上がると、ザヒドを押しのけた。頭が混乱していたが、ささやかな希望の火がまだ胸の奥で燃えていて、消えまいとしている。何かしら説明がつくはずよ。サイモンが説明してくれれば、今度ばかりはあなたが間違っていたとザヒドに言ってやれるわ。「彼に直接、ききに行ってくるわ」

ザヒドは首を横に振った。「やめたほうがいい。後悔することになるだけだ」

だが、フランキーは彼の言葉に耳を貸さなかった。子どものころからあこがれていたザヒドに、男性にだまされた屈辱を知られてしまうなんて。それこそ後悔してもしきれない。そのつらさがよけいに彼女を反抗へと駆り立てた。

「それなら、これが本当だとしても、わたしはただ立ち去って、サイモンのことはこのままほうっておけっていうの？　彼にわたしをだました償いもさせずに、黙って消えろっていうの？」

その瞬間、もうこれは間違いではないのだとフランキーは確信した。写真は真実を語っているし、サイモンは嘘をついていたのだと。けれど、ただ哀れな犠牲者になるつもりはないことだけは確かだった。

「当然、もう仕事はなくなるわ。だから彼に対して思っていることを言ってやってもかまわないでしょう」

「そんな仕事はなくなってもかまわないだろう、フランチェスカ」

「そんなふうに思っているの？　だったら、わたしが食べていくためにお金を稼ぐ必要があると知ったら、興味を引かれるかしら？　たいていの人は食べるために働いているのよ」

ザヒドはいら立たしげに片手を振った。「仕事ならすぐに見つけてあげられるよ。ぼくの会社にきみにふさわしいポストを作ろう。長期的でも短期的でも、きみの望むように」

張り詰めた沈黙が広がる中、フランキーはじっとザヒドを見つめた。ザヒドの会社に入ったら、彼は鷹《たか》のような目でわたしを監視するに違いない。わたしを保護することが自分の務めだという誤った考えを持った人に支配され、指図されることになる。とうの昔にザヒドに対するロマンチックな夢は捨ててしまったけれど、傷ついたプライドを抱えたまま彼のそばで過ごしたら、またもや傷つくことになってしまうのではないかしら？

ザヒドが華やかな女性たちとベッドをともにするのをわきから眺めていなくてはならないとしたら、どんな気持ちがするかしら？　魅力的なシークのそばで働くと、そういう不都合を我慢しなくてはならないばかりで、何もいいことはないのよ。ザヒドにとって、わたしはただのフランチェスカ。女性としての魅力もない、つまらない男にだまされて救いを求めているフランチェスカにすぎないのだから。

「せっかくだけれど、けっこうよ」フランキーはこわばった口調で答え、テーブルに近づいてショルダーバッグをつかんだ。「この先どうなるかわからないけど、決断を下す前に、サイモン・フォレスターにいくつか質問をしてくるわ」

フランキーが肩にバッグをかけるのを眺めながら、ザヒドは一瞬で彼女をとめられるのに、と思った。車のキーを取り上げるのではない。キスをして、あのろくでなしを忘れさせてやりたかった。不意にうずくような欲望がわき上がり、これまでに磨いてきた誘惑の手腕をふるえば数秒でうまくいく、と心の中でそそのかす声がした。本物の男性がどんなものか、彼女に教えてやれるのに、と。

しかし、心の底ではそれがいけないことだとわかっていた。フランチェスカ・オハラは、彼が気楽に誘惑できるような女性ではない。それに、彼女にはしたいことをする権利がある。フランチェスカは自分をだました男と、どうしても対決したがっているようだった。

　玄関のドアが大きな音をたてて閉まったとき、かすかな称賛の笑みがザヒドの口元に浮かんだ。そのあとすぐに、古い車のエンジンが咳《せ》き込むようにかかる音が聞こえてきた。

5

「ザヒド国王陛下がお会いになります、ミス・オハラ」豪華なホテルの大理石のロビーに目立たないようにしつらえられた専用エレベーターのほうをフロント係が指し示した。「上がっていっていただけますか？」

「どうもありがとう」フランキーはザヒドに面会するまでの最後の障壁である冷たい美女に礼儀正しい笑みを向けると、エレベーターに歩み寄って、最上階のスイートルームに上がるボタンを押した。

　せめて外見だけでも冷静で落ち着いたイメージを与えようと努力していたが、それはたやすいことではなかった。なにしろ、十一月の冷たい雨でびしょ濡《ぬ》れになっていたのだ。

大変な午後だった。

ザヒドの居所を突きとめるのも簡単ではなかった。そういえば、これまで自分のほうから連絡を取ったことは一度もなかったと気づいて、いささかあわてた。たいていザヒドは父親と一緒に家を訪ねてきたし、その手配はすべて側近がしていた。しかし、ロンドンの中心部に彼の一族が摩天楼を所有していることをフランキーは知っていた。そこでザヒドの弟がアル・ハカム帝国のヨーロッパ支部を取り仕切っているのだ。

さんざん疑わしげな口調の人々と話をしたあげく、ようやくザヒド本人の許可が出たようで、フランキーは彼と会う約束を取りつけた。だが、来るように指示されたのはその会社ではなく、ザヒドが滞在しているホテルだった。ゴシップ欄で名前を見かけたり、ハリウッドのスーパースターがやってきて滞在したりする、有名なグランチェスターホテルだ。

エレベーターはかなりの高速で上昇したので、フランキーは少し気分が悪くなった。両脚に雨水がはねていることに気づき、バッグからティッシュを取り出して急いでふく。エレベーターがとまり、スイートルームのドアをノックしたときには神経が張り詰めていた。〝どうぞ〟とザヒドの声が返ってきたときには、さらに不安がつのるばかりだった。

胸をどきどきさせながらフランキーはドアを開けた。目に飛び込んできたのは、壁にずらりとかけられた見事な絵画と、世界でもっとも価格の高い不動産を見晴らす巨大な窓だった。磨かれた床はびっくりするほど広く、繊細なシルクのラグがあちこちに配置されている。フランキーは初めて彼の住まいに足を踏み入れたのだ。そこは想像以上に洗練され、人をおじけづかせるような雰囲気を漂わせていた。

そして、そのリビングスペースの奥の部屋からザヒドが現れた。彼の顔に笑みはなく、歓迎している様子もない。このあいだ彼がくれようとしていた仕事を断ったから、怒っているのかしら？

「やあ、フランチェスカ」ザヒドは言い、無表情な黒い瞳で彼女を見まわした。もつれた黒髪に雨の滴がダイヤモンドのようにきらめいている。「レインコートを脱いだほうがいいな」

フランキーは磨かれた床にぽたぽたと水滴を落としていることに気づいた。あわててコートを脱ぎながら、手を貸してくれるかしらと期待したが、ザヒドはただドアの隣にあるコートスタンドを指さしただけだった。

フランキーは濡れたコートをかけると、ザヒドに向き直った。「会ってくださってありがとう、ザヒド」

かすかに彼の黒い眉が上がった。「きみが会いたがったことに驚いているんだ。最後に会ったときのことを考えると」

フランキーは当然だと思った。それに、ザヒドに言われたことに対してあんな態度をとってしまい、謝るべきだということもわかっていた。「わたし、本当に……失礼な態度をとってしまって」

どうでもよさそうにザヒドは肩をすくめたが、もちろん、どうでもよくはなかった。ただし、フランキーが想像していた理由からではない。ザヒドは彼女が失礼な態度をとったことをむしろ喜んでいた。おかげでフランキーに電話をしてサイモンと対決した結果を尋ねずにすんだからだ。そんなことをきくのは個人的な興味にすぎないし、お互いのためにフランチェスカには近づくんじゃない、とザヒドは自分に言い聞かせた。確かに、財産目当てのろくでなしとつき合っていることをフランチェスカに気づかせたのはぼくだが、彼女があの男から自由になったからといって、ぼくの人生にはなんのかかわりもないはずだ、と。
そう自分に言い聞かせたのは、フランチェスカを抱いて家に運んだとき、わき上がる欲望に心が乱れたからだ。あのとき、ザヒドはフランチェスカが美しく成長したことを認めないわけにいかなかった。そして、結論を出したのだ。彼女とは距離を置こうと。だから、コートを脱ぐときも手を貸さなかった。彼女のやわらかな香りと、さらにやわらかな肌に心を惑わされたくなかったからだ。

「あのときのことは気にしないでくれ、フランチェスカ。もう忘れよう」ザヒドはそっけなく応じた。「あんな状況になったら、ぼくも同じように感じたかもしれない」

あなたがそんな状況に陥るわけがないわ、とフランキーは反論したかった。女性にだまされるほど愚かではないでしょう、と。だが、その言葉はなぜか喉の奥で消えてしまった。その言葉が不適切だからではなく、豹《ひょう》のようにしなやかな彼の姿を目の前にしているせいだ。その姿は贅《ぜい》を尽くした部屋ではいくぶん野性的すぎて、場違いのように見えた。

オフホワイトのシルクのシャツが筋肉質の体に張りつき、肩の力強い輪郭を強調している。黒のスラックスは引き締まった腰を包み込み、男らしさを強調している。ザヒドはネクタイをゆるめ、シャツのボタンをいくつかはずしていたので、そこからのぞくたくましい胸元を目にして、フランキーは口の中が乾くのを感じた。

ザヒドはずっと部屋にこもって仕事をしていたように見えるが、今はちょっと肩の力が抜けているようだ。彼はフランキーには想像もつかないほど忙しい生活を送っているのだろう。国王になると、どういう生活が待っているのかしら、と彼女は思った。彼はそれによって変わったの？　きっとそうだわ。

フランキーはからからに乾いた唇をなめ、現実に集中しようとした。ザヒドには国王としての生活があるけれど、わたしにはもう何もない。仕事もなく、婚約も破棄し、夢も破れた。

ザヒドはそんなフランキーをいぶかしげにちらりと横目で見た。「座ったらどうだい、フランチェスカ？　コーヒーはどう？　それとも、お茶がいいかな？」

「いいえ、けっこうよ」ソファに座ったらリラックスしすぎて、打ち解けた感じになって言いたいことを伝えられないかもしれない。そう思ったフランキーは窓辺に歩み寄り、眺めを楽しんでいるふりをした。国会議事堂と時計台のビッグ・ベンがすぐそこに見える。「すごい」思わず声をもらした。

「絵葉書みたいな風景だろう？」ザヒドはそっけなく言い、彼女のこわばった後ろ姿を眺めた。婚約指輪ははずされ、今日は紺のワンピースを着ている。その服はシンプルなデザインにもかかわらず、健康的な若い体の見事な曲線をことごとく強調していた。

ザヒドの視線はうっとりするようなヒップラインと形のいい脚に吸い寄せられた。つい、エロチックな想像にふけりかけたとき、この女性はフランチェスカだということを思い出した。幼なじみのフランチェスカ・オハラなのだ。「ところで、これは社交的な訪問なのかな？」喉にひっかかったような声でザヒドは尋ねた。

フランキーは振り返った。忙しいと言いたいのかしら？

「いいえ、そうじゃないわ」ザヒドは何も言わずに、じっとフランキーを見つめている。かつて二人のあいだにあった気安さはもはや存在しなかった。

サイモンとの対決についてザヒドはききたがるだろうと思っていたのに、それは勘違いだった。どうなったか尋ねる電話はかかってこなかったし、今こうして面と向かっても、わたしがここに来た理由について、ザヒドはほとんど関心を示していない。この豪華なスイートルームにいるわたしは、彼にとって過去の人物、ただの古い友人の娘にすぎないのかもしれない。ただ彼の時間を無駄にしているだけの存在なのかも……。

「社交的な訪問でないなら、どうしてここにいるんだ？」ザヒドが冷ややかに尋ねる。

一瞬、フランキーは適当な口実をでっち上げて、このまま立ち去りたいという思いに駆られた。それならプライドも傷つかないし、これから頼もうとしていることについて彼にノーと言われる危険を冒すこともない。

でも、そういう楽な選択肢を選ぶから、サイモンにやすやすとだまされる羽目になったんじゃない？

「あなたの提案を受けさせていただけるかと思って来たの。あの……あなたの会社にわたしのポストを作ってくださると言っていたでしょう。でも、気が変わったのなら、もちろんかまわないけれど」

「気が変わったのはきみのほうだろう、フランチェスカ。理由を教えてくれるかい？」

フランキーはごくりとつばをのみ込んだ。できるだけ早く忘れたいと思っている場面を再現するのは気が進まなかった。それに、ザヒドにわざわざ説明を求められ、かなり失望もしていた。でも、子どものころのように、いつでも、なんでも、ザヒドが願いをかなえてくれると思っていたの？ もっとも、今は肩車をしてほしいとか、枝にひっかかったバドミントンの羽根を取ってほしいとか、そんな子どもっぽいことを頼んでいるわけではないわ。大人として彼に助力を求めているのよ。

「サイモンに会いに行ったわ。そうしたら、彼は……」フランキーは目を閉じ、あのぞっとする対決を思い出した。サイモンは最初は怒って否定したが、やがて追い詰められたことを知るとせせら笑った。

そして、決して忘れられないようなことを口にした。
〝きみは冷めたおかゆみたいに食欲をそそらないから、ベッドをともにしないのはちっともつらくなかったよ。ザヒドがぼくを尾行させたのも、お節介で支配欲の強い変人だからで、別にきみに特別な気持ちがあるわけじゃない。ああいう男はしばらくきみをもてあそんだら、去年のカレンダーみたいにぽいと捨てるさ〟

わたしはザヒドのお節介に何か意味があるなんて初めから思ってもいなかった。彼みたいな男性が、わたしみたいな女性を〝もてあそぶ〟気になることさえ考えられない。ザヒドはただ、わたしのことを心配してくれただけ。それだけよ。これまでいつもしてきたように。

「彼はどうしたんだ、フランチェスカ？」

「彼は、自分の人生についてじっくり考えるべきだということをわたしに気づかせてくれたの」

そして、そろそろ流れに任せるのではなく、自分の手で求めるものをつかもうとする勇気を持つべきだと。だからこそ、今日、思いきってここに来たんでしょう？　家を出たときからずっと胸がどきどきしているとしても。

「それで、どうやらわたしの人生は行きどまりにぶつかったみたいで」フランキーはゆっくりと続けた。「どこへも進めなくなったのよ」

ザヒドは目の前のフランキーを眺めているうちに、父親の実験室にいる小さなころの彼女を思い出した。自分専用のスペースを与えてもらい、専用の試験管を並べ、ぶかぶかの白衣を着ていた女の子の姿が目に浮かぶ。「お父さんのように科学者になりたいのかと思っていたよ」

フランキーは首を横に振った。「父ほど才能はないもの。でも、科学は大好きだったから、小さいころは実験室に入り浸っていたわ。そのうち父が病気になって、学校の勉強がおろそかになってしまって。もっとも、とりたてて学校が楽しかったわけじゃないけど」家出した母親を持つ風変わりな子は、意地悪な女の子たちの絶好の標的になった。「それに、家と庭の手入れもしなくちゃならなかったし」フランキーはまるで漂流物のように人生に流されるままになり、とうとう父親が亡くなると、サイモンの会社で働くことになったのだ。

それで多少の経験があるので、ほかの不動産会社で仕事を見つけられるかもしれないと思ったが、それはいやだった。サイモンと同じ狭い町にいたくないと思いながら、それだけのために出ていくのもいやだった。実のところ、どうしたいのかよくわからなかったのだ。ただ、今までとは違うものを求めていた。わくわくすることを。婚約解消の屈辱を忘れさせてくれることを。

フランキーは、ザヒドの何一つ見逃すまいとしているかのような黒い目を見上げた。

「タイプとファイリングはできるわ。人との応対もできるし、問題を解決することもできる。それからもちろん、料理もできるわ」

「ぼくのところには料理をする人間も、ファイルをする人間もいる」ザヒドは感情のこもらない声で言った。

「そうでしょうね」

「それなら、ぼくに何を頼んでいるんだ、フランチェスカ？」

彼女は唇を噛《か》んだ。ほとんど勇気を失いそうになったとき、自分の人生は自分で決めたいと思っていることを思い出した。これはその最初の一歩じゃないの？　手を伸ばしてつかみとらなくては。最初の障害であきらめるわけにはいかない。「わたしにはわからないわ、ザヒド。あなたが仕事を見つけてくれると言ったのよ。覚えている？　あのときは本気で言ったわけじゃないのかもしれないけど」

短い沈黙のあと、ザヒドは考える時間を稼ぐために胡桃《くるみ》材の書き物机まで歩いていき、広げてある本を眺めた。フランチェスカはぼくが果たすつもりもない約束をしたとほのめかして侮辱しようとしているのか？　それとも、単に口先だけの男だと言いたいのか？

　ザヒドは本を閉じて顔を上げたが、やはり何も言わなかった。彼女の表情から、胸の内で虚勢と不安がせめぎ合っているのが見て取れた。なんて青ざめた顔だろう。自分自身の荒れ狂う気持ちとは裏腹に、ザヒドは不意に心配になり、いつもの保護者意識が頭をもたげた。フランチェスカには気分転換が必要なんじゃないか？　薄汚いサイモンとあの男にまつわる記憶から遠ざかる機会が。

　しかし、それはそんなに簡単なことではない。フランチェスカに仕事を提供しようと安易に申し出たのは間違いだった。彼の国では、女性が王族のそばで働くことはありえない。しばらくイギリスに滞在するならどうにかできるだろうが、そのつもりはなかった。数日中にカヤーザフに戻らなくてはならないのだ。フランチェスカを連れていけるわけがない。未婚のイギリス人女性が宮殿の厳しい掟《おきて》の中で暮らすのは前例のないことだった。

　とはいえ、そうした障害は解決できることも、ザヒドにはわかっていた。もっと大きな問題は、ぼくがフランチェスカに抑えようのない欲望を感じ始めていることだ。ぼくには許されないことなのに。

　最後にフランチェスカと会ってから、自分らしくもなく彼女のことをずっと考えている。引き締まったしなやかな体、口紅を塗っていないやわらかそうな唇、思わずほほ笑みを誘う言葉、海のような深いブルーの瞳。

　このあいだの夜、ロシア人の愛人カトヤが毛皮のコートとビキニショーツだけの姿で訪ねてきたときも、彼女を抱こうともせずに追い返してしまった。

　どうしてそんなまねをしたのだろう？

　フランチェスカも追い返すのがいちばんいいんじゃないか？

　二人のあいだの何かが変わってしまい、もうもとには戻れないとわかっているのだから。もう彼女をこれまでのフランチェスカ、無邪気な幼なじみとしては見られない。彼女はセクシーな成熟した女性で、つらい経験をしたばかりだ。サイモンとの関係が終わって、当然、欲求不満を覚えているだろう。そんなときにぼくがそばにいたら、お互いに誘惑が大きすぎて危険じゃないか？

　フランチェスカが部屋に飾られている蘭《らん》の花びらにそっと触れているのを見て、ザヒドはその指が自分の欲望に燃える肌に触れてくれたらどんな感じがするだろうと想像した。そのとき電話が鳴った。

　夢想から覚めたザヒドは、いきなり命じた。「出てくれ」

「でも――」

「電話に出てくれと言っているんだ」

　フランキーは胸をどきどきさせながら書き物机に歩み寄り、受話器を取り上げた。シークの電話だと言うべきかしら？　いえ、やめたほうがいいわ。マスコミの可能性もあるから。「もしもし？」

「あなた、誰なの？」なまめかしい、そしてかすかに不機嫌そうな女性の声が聞こえてきた。

　フランキーはぎゅっと受話器を握り締めた。〝あなたこそ、誰なんですか？〟と言ってやりたかったが、じっと観察しているザヒドの視線を意識してこらえた。「どういうご用件でしょうか？」彼女はよそよそしく尋ねた。

「ザヒドと話したいの」

　一瞬の間を置いてからフランキーは応じた。「申し訳ありませんが、シークは今電話に出られません」部屋の向こうで、ザヒドが問いかけるように眉を上げるのが見えた。「ですが、お名前と電話番号を教えていただければ、必ずシークにお伝えします」

「カトヤよ」相手の女性は切り口上に言った。「それから彼は電話番号は知っているから、それをちゃんと使うようにって伝えてちょうだい！」

電話はいきなり切れた。フランキーは受話器を戻すと、探るような目で見ているザヒドに視線を向けた。胸が激しく高鳴っている。今の女性はどういう人なのかしら？

「誰だった？」彼は尋ねた。

「カトヤよ」

ザヒドは眉根を寄せた。「ぼくが彼女と話したいかどうかすらきかなかったね」

出すぎたふるまいだったかしら？　相手の女性に対する嫉妬《しっと》がそうさせたのは否定できない。

「彼女はちょっと……怒っているみたいだったし」フランキーはあわてて言いつくろった。「それに、これは個人的な電話だと感じたので、あなたはわたしの前では出たくないだろうと思ったの。もし電話に出るか尋ねて、あなたが出ないと答えたら、みんなが気まずい思いをすることになるわ。たぶんそのせいで、最初からわたしに電話に出るように指示したんだろうと判断したのよ、ザヒド」彼が相変わらず無表情に見つめているので、フランキーは唇を噛んだ。「わたしの判断は間違っていたかしら？」

大胆な判断だ、とザヒドはブルーの瞳を見つめながら思った。それに勇気ある決断でもある。青ざめていたフランチェスカの頬が不意に赤くなった。彼女はカトヤを愛人だと推測したのだろうか？　いや、元愛人だ、とザヒドは心の中で訂正した。

「いや、間違ってはいない。正しい判断だった。きみが自分で判断できるかどうか見たかったんだが、できるようだね。あのろくでなしのサイモンとベッドに行く前に、それだけの洞察力が発揮されなかったのは残念だよ」

サイモンとの本当の関係について、フランキーはザヒドに告白したいという思いに駆られた。でも、これから雇ってもらおうという相手に自分の男性関係についてぺらぺら話すのはどうかしら。「他人のために行動しているときのほうが洞察力を発揮しやすいのよ」

「よし、仕事をあげよう」

「本当に？」

「そんなに驚いた顔をすることはないだろう」ザヒドは笑った。結局、彼女がぼくを思いどおりに操る能力は衰えていないということか。「そういうめぐり合わせになっているらしい」

「それで、どういう仕事をもらえるの？」

短い沈黙のあと、ザヒドは以前から漠然と考えていたことを言葉にしようと、おもむろに口を開いた。

「父は日記をつけていたんだ。その話はしたことがあったかな？」

フランキーはかぶりを振った。「いいえ」

「父にとって日記を書くことは一種の慰めだった。とりわけ戦争があったり、母が病気になったりした悩みの多い時期には。それでふと思いついたんだ。きみはそれをタイプで打ってもらうのにうってつけの人間じゃないかって」

「でも、わたしはカヤーザフの言葉を読めないわ」

「父はプライバシーを保つために英語で書いていたんだ。国では英語を話せる人間がほとんどいないからね。ぼくは以前から、いつかそれを正式な記録として残したいと思っていた。問題は信頼して任せられる人間を見つけることだった」彼は黒い瞳をきらめかせた。「フランチェスカ、きみこそこの仕事にうってつけだよ」

フランキーは喜びに頬を染めた。ザヒドのほめ言葉は最高の称賛に感じられた。

「この役目を引き受けてみる気はあるかい？」

彼女はうなずいた。「ぜひやりたいわ」それからためらいがちに続けた。「ところで、今回はどうしてイギリスに来たのか、まだ聞いていなかったけれど」

ザヒドはその朝、イギリスの著名な競走馬専門家たちと朝食をとりながら会合をしたことを思い返した。このところヨーロッパの主な都市で、ずっと同じような会合を繰り返してきたのだ。

「カヤーザフにもうすぐ完成する競馬場をヨーロッパのあちこちで売り込んでいるんだ。いずれそこでは国際レースが行われることになると思う。でも、今回来たのは個人的な理由からだ」ザヒドは窓辺に歩み寄り、暗くよどんだ灰色のテムズ川を下っていくはしけを眺めた。普段は心の内を他人に話すことはなかったが、フランチェスカは信頼できる相手だったので、いつになく舌がなめらかになった。「弟と会う必要があったんだ」彼はフランキーのほうに向き直って言った。「マスコミで書き立てられているほど素行が悪いのか確かめるためにね」

ザヒドの表情がこわばっているのを見て、フランキーは心配そうに眉をひそめた。

弟のタリクには数えるほどしか会ったことがなかった。そのうちの一回が父の葬儀のときだ。ザヒドのようにタリクもかなり自由な環境で育てられ、母国を離れていた期間も長い。しかし、二人の王子の運命はまったく違った。

国王になると、ザヒドの生活は劇的に変わった。一方、タリクはこれまでどおりに行動することができた。弟の王子はとても魅力的でで、西洋の過激なマスコミに〝プレイボーイ・シーク〟というあだ名をつけられている。

「彼は何をしたの？」

「問題はそこなんだ。弟はろくに何もしていない」

ザヒドはわずかにいら立ちをあらわにした。「いや、それは正確に言うと正しくないな。タリクは最小の努力で最大の成果を上げる能力を持っている。ただ、カヤーザフの国に対して責任を負っている王子だということをときどき思い出させてやらなくちゃならないんだ。ギャンブルや女性とのつき合いにうつつを抜かすだけではなく。だが、その話はこのくらいにしておこう。この週末にはぼくと一緒にカヤーザフへ行ってもらうからね。パスポートは持っているかい？」

フランキーはうなずいた。「もちろん」

「落ち着いて取りかかれるように、まずはここにきみの部屋を用意してもらったほうがよさそうだな」

びっくりして、フランキーはまばたきした。「ここに、グランチェスターに泊まるということ？」

その無邪気な問いかけが、ザヒドの奥深くに抑え込まれていた欲望に火をつけ、一瞬、彼はフランチェスカが家族同様の人間だということを忘れそうになった。彼女を見ても、体は熱くうずくべきではないということを。なぜなら、口紅を塗っていないピンクの唇が驚きにかすかに開いたとき、ザヒドは思わずその唇に、話すことではなく、もっと別のことをさせたくなったから……。

もしそうしたら、フランチェスカは応じてくれるだろうか？　両腕に抱き締めて、彼女の唇を味わったら？

「もちろん、きみにはここに滞在してもらう。カヤーザフに行く前に、いろいろな準備があるからね。ビザが必要だし、国家機密資料を取り扱うことを認める保全許可認定審査や何かもすべてロンドンでしなくてはならない。そのことで問題はないね？」

　フランキーはすぐに声が出なかった。ザヒドのまなざしに体がおかしな反応を示していたからだ。胸の先端が敏感になり、下腹部がかっと熱くなり、頭がくらくらする。ザヒドはどんな女性もこんなふうにしてしまうのかしら？　心をかき乱し、たまらない気持ちにさせて、彼を求めるように。

　でも、もうザヒドに弱みは見せたくない。元婚約者にだまされてプライドを傷つけられたのを見られてしまった今、強くなれるところを示さなくては。わたしはもう大きな音がするたびにおびえていた小さな女の子ではないということを。

「ええ、まったく問題はないわ」フランキーは落ち着いて答えた。「いつでも大丈夫よ」

「けっこう。では、ほかのスタッフたちに会ってもらおう。ボディガードに紹介するよ。彼らから簡単に方針を説明してもらおう」ザヒドは雨の滴がはね上がったフランキーの脚と靴をちらりと見た。紺のワンピースにはまったく似合わない靴だった。「それから服を用意したほうがよさそうだね。カヤーザフで着るのにふさわしいものが必要だ。向こうではとても暑いが、女性は脚と腕を常に隠さなくてはならないんだ。しかも、シークのスタッフとしてふさわしい服でないと」

　フランキーは今日のためにわざわざ買った服を見下ろした。「わたしの着ているものが不適切だということ？」

　傷つけないように遠まわしに言うべきか、それともはっきり言うべきだろうか？　いや、男に嘘《うそ》をつかれるのはもうたくさんだろう。ザヒドは彼女の目を真っすぐに見つめた。「その服は基本的にどこも悪くないよ、フランチェスカ、安物だということを別にすれば」残念そうに肩をすくめると、彼は電話に手を伸ばした。「安物はだめなんだ」

6

フランキーはベッドにどさりと座ると、痛む足から靴を蹴《け》って脱ぎ、純白の枕《まくら》の山にもたれかかった。長い一日だった。昨日よりも長く感じられたほどだ。昨日、フランキーはサーリーの自宅に戻り、必要なものを荷造りし、家の戸締まりをして、ザヒドのスタッフとしての新しい役割のために準備をした。すでに彼女の世界はがらりと変わっていた。ロンドンの一流ホテルに贅沢《ぜいたく》な一室をあてがわれ、シークのために働いている人々の一覧表をもらった。さらに、今後のザヒドの多忙なスケジュール表も。

そして今日はスタイリストに会って、彼の母国に出張するのに必要な服をそろえたのだ。

買い物がこれほど疲れるとは思ってもみなかった。もっとも、一度にひととおりの服をすべて買いそろえたことなど今までなかったから無理もないけれど。そのおしゃれな店はカヤーザフ大使館からほど近い裏通りにあり、フランキーはこの出張にどういう服が必要か、よく心得ているらしい優雅な女性の手にゆだねられた。

買い物に時間をとられ、フランキーは昼食を食べそこねたが、ホテルに戻ったときには疲れ果てて、ルームサービスを頼む気力もなくなっていた。そこで枕の上に置かれていたチョコレートを食べ、ちょっとだけと思ってベッドに横になったのだった。

そのままうとうとしてしまったに違いない。電話が鳴り続けるいやな夢からはっと目が覚め、ドアが乱暴にノックされていることに気づいた。しぶしぶフランキーはやわらかなマットレスから起き上がり、ドアへ向かった。あくびをしながらドアを開けると、いら立たしげな表情のザヒドが立っていた。

「何度も電話したんだ。聞こえなかったのか？」

めったにしない昼寝のせいでまだぼんやりしたまま、フランキーはもつれた髪をかき上げた。「ええ、聞こえなかったわ。聞こえていたら出ていたはずだから」今度はかろうじてあくびを噛《か》み殺した。「ごめんなさい。眠り込んでしまったみたい」

「らしいね」不本意にもザヒドは彼女から目をそらせなくなった。ほんのり赤みを帯びたやわらかな頬に黒いまつげが影を落とし、乱れた髪が肩にふわりと広がっている。まるでたった今快楽の極みに達したみたいだ、とザヒドは思った。それとともに体もありがたくない反応を示している。だが、そこで彼女が古いジーンズとオートミール色のセーターを着ていることに気づき、ザヒドは眉をひそめた。「買い物に行ったんじゃなかったのか？」

「行ったわ。ついさっき戻ってきたの」ザヒドはジーンズを批判的に見やってから、開いたままのクロゼットに視線を向けた。そこには新しい服がきちんとかけられている。「なんだか着るのがもったいなくて。そんなことを言ったらおかしいかしら？」

「ああ」

「でも、ホテルの部屋でくつろいでいるだけだし」

「それなら、くつろぐのはやめて支度にかかってくれ。一時間後に弟と食事をする」

「冗談でしょう？」

「いいや、フランチェスカ、本気だよ。それから、きみに賃金を払うのは、ごろごろしてもらうためじゃない」つい乱れたベッドを見やったとき、絨毯《じゅうたん》の上に落ちているチョコレートの包み紙が目に入った。「チョコレートを食べ散らかして昼寝をするためじゃないんだ！　出かける準備ができたらボディガードが知らせに来る」

ザヒドはたたきつけるようにドアを閉め、フランキーはしばらく呆然《ぼうぜん》とそのドアを見つめていた。とんでもない誤解だわ。まるでわたしが怠惰なカウチポテト族みたいな言い方をして。今朝から口に入れたのは、あの小さなチョコレート一つだけなのに。

それでも香りのいいお風呂でくつろぎ、新しく買ったワードローブからディナーにふさわしいしなやかなドレスを選ぶのは楽しかった。彼女が買うよう勧められたのは基本的に控えめなデザインのもので、襟ぐりが深い服やミニスカートは一枚もない。繊細な生地が肌を滑り、ささやくような音をたてる美しい服ばかりだった。ただ、手持ちのブラとショーツを身につけると、今夜のために選んだ贅沢なグリーンのシルクのロングドレスに比べて、ひどくみすぼらしい気がした。

八時きっかりにザヒドのボディガードがドアをノックした。フランキーが廊下に出ると、ちょうどザヒドが部屋から出てくるところだった。淡いグレーのスーツがブロンズ色の肌と黒い髪を見事に引き立てている。しかしフランキーを見るなり、彼はぴたりと足をとめ、棒立ちになった。

「もう……出かけるんでしょう？」フランキーはおずおずと尋ねた。自分では気づいていないが、とんでもない過ちを犯してしまったのかもしれない。ドレスがフォーマルすぎるとか、ヒールが高すぎるとか？　髪は背中に垂らしておかずにアップにするべきだったかしら？

答える代わりにザヒドはうなずいたが、実のところ、何を尋ねられたのかよく聞いていなかった。見事に予想を裏切って、彼女があまりに美しかったからだ。これまで会ったどんな女性よりも。

フランキーの黒髪はつややかで、ブルーの目は不安そうに大きく見開かれ、ドレスの深いグリーンが磁器のような白い肌と体の曲線を際立たせている。あのおてんば娘が、まさに花が開くようにセクシーな女性へと変身したのだ。彼女は自分が手にしている力を知っているのだろうか？　男性を虜《とりこ》にしてしまう力を？

だが、彼女を目覚めさせたのはサイモンだ、とザヒドは苦々しく思い返した。サイモンは二枚舌で金目当てのろくでなしだったが、あの男のせいでこんな魅力が彼女に備わったのだ。あの男が最初にフランチェスカを……フランチェスカを……。

「これで問題ないかしら、ザヒド？」険しい視線がじっと注がれているのを感じて、フランキーは両手でドレスのスカートを撫《な》で下ろし、彼に心配そうな目を向けた。どうしてあんな怖い顔でにらんでいるのかしら？「ドレスのことだけど」

「ほめ言葉を期待しているのかい？」思っていた以上にとげとげしい口調になってしまった。だが、フランチェスカに対する望ましくない反応を抑えるためにはしかたがない。これまでならそんな反応が起こった場合、新しいドレスをはぎ取って床に投げ捨て、結局ディナーに遅れる羽目になったのだが……。

「問題ないどころか、とても……感じよく見えることは自分でもわかっているだろう」

フランキーはカシミヤのストールを肩にかけながら、あいまいな微笑を浮かべた。感じよく？　それがほめ言葉のつもりなのかどうか、彼女にはよくわからなかった。ザヒドはその言葉をまるで侮辱のように口にしたからだ。

リムジンがホテルの外で待っていた。ドアはすでに開けられ、エンジンがかけられている。フランキーはやわらかな革のシートにおさまると、これまでの目まぐるしい展開を思い返した。ついこのあいだまで秘書の仕事のかたわら、見学に来た夫婦を新しい家へ案内してまわっていたのに、今日はシークと一緒に贅沢なリムジンに乗ってロンドンの街を走っているなんて。

車内にはザヒドの香りがあふれていた。男らしい彼の香りと、甘いサンダルウッドとさわやかなレモンの香りがまじって、フランキーの五感を刺激してくる。ザヒドが及ぼす力から少しでも逃れようと窓の外に目を向けていても、フランキーの潜在意識に刻み込まれた彼の肉体のイメージは消えなかった。いったいどうしたっていうの？　ザヒドに抱き締められてキスされたらどんな感じかしらと夢想するなんて。

「どこに……どこに行くの？」息苦しくなってフランキーは口を開いた。「それから、タリクが最近何をしているのか、もう少し詳しく教えて」

「アイビーホテルの隣にメンバーズクラブがあるんだ。そこで会うことになっている。タリクは今はイギリスに住んでいるんだ」

「そうなの？　何をしているの？」

「アル・ハカム一族の企業グループのヨーロッパ支部を統括している。それとは別に、イギリス南部にある一流のポロクラブをつい最近買ったようだが」

タリクは傑出した才能のあるポロ選手でもあるので、自分のポロクラブを所有することは当然のなりゆきだろう、とフランキーは思った。アル・ハカム一族は中途半端なことはしないのだ。

メンバーズクラブに到着すると、二人は小さな個室に案内された。タリクはすでにテーブルについていた。フランキーは兄弟が一緒にいるところを初めて見たが、はっとするほどハンサムな顔立ちも含め、血のつながりは驚くほどはっきりと見て取れた。ただし、弟のほうは色あせたジーンズにシルクのシャツという姿で、顎にはうっすらと無精ひげが生えている。タリクにはいわば退廃的な魅力があり、ザヒドの堅苦しい雰囲気とは対照的だった。

二人が入ってくるのを見てタリクは立ち上がり、兄弟は抱き合った。それからタリクはフランキーに微笑を向けたが、その微笑はこれまで多くの女性をとろけさせてきたに違いなかった。

「珍しいな、兄さんが女性を連れてくるなんて。それで、この美しい女性はどなたなのかな？」

ザヒドは弟をにらんだ。「フランチェスカだ」

「フランチェスカ？」タリクは眉をひそめてから、はっと思い当たったように言った。「フランキー？　フランキーなのか？　信じられない！　本当にきみなのか？」

「そうよ」フランキーは温かく抱き締められながら、微笑を返した。そういえば、ザヒドも同じようなことを言っていたけれど、そんなにわたしは変わったのかしら？　「ええ、本当にわたしよ」

「すごい！　ずいぶん変わったね。びっくりしたよ。すっかりきれいになって、大人になった」タリクは眉をひそめた。「きみとザヒドは、まさか……」

「別に何もない」ザヒドはまた弟をにらみつけた。「フランチェスカは今、ぼくのところで働いているんだ」

「本当に？　それはずいぶんと進歩したものだ」

「そろそろそういう行動によって、われわれが女性をきちんと扱っていることを西洋社会に示してもいいころだろう。そうすれば、先進的な女性たちをカヤーザフに呼び戻すことにもなる」

タリクは笑った。「さすがに国王は言うことが違う。どこまでも冷酷なエゴイストになれるんだな、ザヒド」

「そうかな？　ぼくはリアリストだと思っているけどね。それに機会が目の前にあれば、利用しない手はないんじゃないか？」

フランキーは自分のことを〝機会〟と表現されて唇を噛んだ。

「ワインはどう、フランキー？」タリクが尋ねた。

「遠慮しておいたほうが――」

「何を言ってるんだ。兄さんが西洋社会のやり方に理解があることを示したいと思っているなら、自分は飲まなくても、すてきなお客さまにワインの一杯くらい勧めるべきだよ」

　普段はめったに飲まないのに、フランキーは不意にワインが一杯欲しくなった。この数日のあいだにあまりに多くのことが起こりすぎて、気持ちの整理ができていないのだ。これまでの生活がすべて崩れ去り、新しい生活にはまったく慣れていない。サイモンと別れたことでもっとつらい思いをしていいはずなのに、ちっともつらくないのが後ろめたい。ザヒドの仕事を受けた自分の判断が正しかったか自問するたびに、失敗だったのではないかと感じてしまう。お酒はそうしたストレスを少し解消してくれるかもしれない。

「ありがとう」ザヒドが不機嫌そうに鋭い視線を向けているのを無視して答えた。「いただくわ」

　おそらくロンドンでも指折りのすばらしい食事を供されているにもかかわらず、フランキーは楽しめず、妙な疎外感を味わっていた。まるで自分だけが部外者のような感じだ。

　とはいえ、驚くことではないのかもしれない。フランキーが同席しているのは二人の王族で、その二人はほとんど母国語で議論していたからだ。その結果、彼女はまろやかな赤ワインを何度も口に運び、いつの間にか二杯目のグラスも半分ほど飲んでしまっていた。頬がほてってきて、気がつくと、ザヒドがテーブル越しににらみつけている。フランキーは不意に乾いてしまった唇をなめた。とたんに、ザヒドの視線がさらに険しくなった。

「それ以上は飲むな、フランチェスカ」

　フランキーはそのつもりだった。少なくとも彼が頭ごなしに命じるまでは。「あら、お酒を制限するの？　まだ二杯目よ」

　ザヒドは腹が立った。弟が彼の説教や忠告に耳を貸そうとしないだけでもいら立たしかったのに、フランチェスカまでが突然慎みを忘れるとは。

「きみは酒を飲み慣れていないだろう。さあ」ザヒドは不意に立ち上がった。「そろそろ帰る時間だ」

「だけど、まだデザートをいただいてないわ」

「甘いものは、さっき食べたチョコレートで充分だろう？」

「食べたのは一つだけよ。ランチだって食べそこなったし」

「ホテルに帰ったら、ルームサービスで何か頼めばいい」ザヒドはぴしゃりと言った。「それに、この会話にはつい夢中になってしまったが、弟の前で続けるべきじゃない気がする」

　タリクが笑った。「いや、続けてくれ。兄さんがこんなに家庭的な話をするのは初めて聞いたよ」

　フランキーのいらいらした気分は、クロークでカシミヤのストールを受け取るころには消えてなくなっていた。タリクが男性としての礼儀からストールを肩にかけてくれ、どうしてザヒドは弟のように紳士らしい態度をとらずに怖い目でじっとにらんでいるのかしら、と悲しくなる。

　外に出たときにはぐんと気温が下がっていた。フランキーが思わず身を震わせ、少しよろめくと、ザヒドが腕をつかんで支えてくれた。薄手のカシミヤを通して彼の指が燃えるように熱く感じられる。フランキーが見上げると、彼は口元を引き締め、目の前にとまったリムジンに彼女を乗せた。

　ザヒドは弟に向き直り、低い声で言った。「ぼくが言ったことを忘れないでくれ。今やおまえは国王の弟で、王位継承者なんだ。そういう女性とかかわるべきじゃない。あの女性は……」

　フランキーは二人の会話に耳をそばだてていたが、最後のほうは母国語で話されたので理解できなかった。

「あなたが反対している、タリクがつき合っている女性って誰なの？」車が走りだすと、フランキーは尋ねた。

「誰もいない」

「でも、さっきあなたが言うのが聞こえた――」

「だったら、聞くべきじゃなかったな。盗み聞きについて、世間ではどう言われているか知っているかい？」

「わたしはこれからあなたの下で働くんだし、わたしを信頼してくれているなら、そういうことも知っておくべきじゃないかしら？」

「今はそうじゃない、フランチェスカ。きみはぼくが知ってほしいことを、知ってほしいときに知るんだ。しかし、何より肝心なのは、ぼくがはっきりと拒絶しているときに、しつこく質問しないことだ。わかったか？」


　ザヒドはこれまでフランキーに対してこんな言い方をしたことはなかった。一度たりとも。フランキーはシートで身をすくめながら、これは彼の下で働くことの代償なのだと思った。もう彼に甘やかされ守られることはなく、ほかのスタッフと同じように扱われるのだと。すると急に、これまでの愛情のこもったやさしい態度が懐かしくなった。「ええ、よくわかったわ」フランキーは小さな声で答えた。

　ザヒドは彼女のほうを見た。弟の頑固さに不機嫌になっていたが、フランチェスカのしょんぼりした表情を見て、怒りはきれいに消え、まったく違う気持ちがわき上がった。

　フランチェスカの唇は震え、顔は青ざめている。やわらかなカシミヤに肩を包まれ、濃いグリーンのドレスは豊かな胸の重みで引っ張られているように見える。そして、脚は……不意に欲望がわき上がって、ザヒドはごくりとつばをのんだ。彼女は脚を組んでいたので、しなやかなシルクが腿にぴったりと張りつき、形のいい足首があらわになっている。血の通った男性なら誰でも、それを見て欲望に駆られるだろう。彼女はそのことに気づいているのか？

ザヒドは彼女にキスをしたかった。

シルクのドレスを引き裂いて胸をじっくりと観賞し、その薔薇《ばら》色の先端を味わいたかった。ドレスの裾《すそ》をまくり上げ、彼女を熱く燃え上がらせたかった。

どうかしてるぞ！

ザヒドは少しフランキーから離れて座り直し、自分への怒りに燃える目で彼女を見た。

「脚を隠すんだ！」ザヒドは噛みつくように言った。

フランキーははっと背筋を伸ばして座り直し、とまどいながら、ザヒドの怒りのこもった視線を受けとめた。脚？ ほとんど脚なんて出ていないのに。たぶん淑女らしい座り方ではなかったのかもしれないけれど、だとしても怒鳴ることはないのに。フランキーは前かがみになってスカートを引っ張ったが、ザヒドはそれも気に入らなかったようだ。

「男性とディナーに出かけるときは、いつもそんなふうにふるまうのか？ ワインをがぶがぶ飲んで、わざとサイズの小さすぎるドレスを着て、車のシートで身をくねらせて」

「いいえ、そんなことしないわ。言ったでしょう、めったにお酒は飲まないって。ドレスのサイズだってちょうどぴったりよ。そんなに頭の固いことを言わないで、ザヒド」

「あいにく、ぼくは頭が固いんだ」そう言ってから、自分自身の言葉の偽善に気づいた。こと女性に関しては、まったく頭は固くないはずだ。いつもなら服装が大胆であればあるほど、ザヒドはそれを楽しんだ。ふと、先日の夜、スパンコールつきのビキニショーツと毛皮のコートだけで現れたカトヤのことを思い出し、ぎゅっと唇を引き結んだ。あれはあまり楽しめなかった。「もうすぐホテルに着く」彼は冷たい声で言った。「つまずかずに一人で部屋まで行けるか？」

ザヒドがそんなに冷たく怒った言い方をするのを初めて聞き、フランキーは唇を噛み締めた。わっと泣きだしたりして、さらに許されないミスを重ねたくなかったからだ。ザヒドの下で働くのは胸のわくわくする冒険かもしれないなんて本気で考えていたの？

どうやら、それは間違いだったようだ。二人はこうして互いの神経を逆撫でし、いがみ合ってばかりいる。わたしの判断は間違っていた、やはりイギリスに残るとザヒドに言おう。でも、今夜はだめ。とにかく、できるだけ早く今夜を終わらせたい。昼間の明るい光の中で、別の仕事を探したほうがいいと思うとザヒドに伝えよう。「もちろん、大丈夫よ」感情のこもらない声で彼女は答えた。

車がホテルに着くと、無表情のザヒド、唇を震わせまいと必死に努力しているフランキー、そして二人のボディガードを乗せたエレベーターは気詰まりな雰囲気の中、最上階へ上がっていった。

部屋の前でフランキーはカードキーを取り出したが、指が震えてドアのロックを解除できなかった。するとザヒドがいら立たしげに舌打ちして、彼女からカードを取り上げた。

その拍子に二人の指が触れ合い、フランキーは熱い戦慄《せんりつ》に体を貫かれ、驚いて目を見開いた。二人の視線がぶつかり、ザヒドの目がすっと陰るのがわかった。まさか……ザヒドはわたしに惹《ひ》かれているの？　わたしが彼に惹かれているように？　彼が体を近づけてきたのは、キスをしようとしているから？

だが、その一瞬は去り、ザヒドは顔をそむけた。彼がカードキーをリーダーに通すと、今度はグリーンのライトがついた。

「この青信号はぼくも中に入っていいというゴーサインかな」我慢できずにザヒドは誘うような言葉を口にしてからかってみたが、フランキーは何も言わなかった。もし彼女がそのからかいに応じていたら、ぼくはどうしただろう？

フランキーは凍りつくほど冷たい笑みを浮かべた。彼はわたしをからかって、面白がっているの？　そう思うと胸が苦しくなったが、できる限り気持ちを顔に出すまいとした。「おやすみなさい、ザヒド」彼女は静かに言った。「今夜はディナーをごちそうしていただいて、ありがとうございました」

その堅苦しい挨拶《あいさつ》に、ザヒドは不意にわけのわからない罪悪感を覚えた。フランキーは彼の目の前でドアを閉め、ザヒドはドアの外に立ったまま、めったにないような欲求不満をくすぶらせていた。

7

その夜、ザヒドは何度も目が覚めた。弟の頑固さと、これからの自分の人生に悩んでいたのだ。だが、ほかにも彼を苦しめていたのが欲望だった。

ザヒドは目を開けた。それは目新しいことではない。欲望は食べることと同じように生活の一部になっている。壮年期の男性として健康的な欲望があり、狩りや乗馬を楽しむようにセックスを楽しんでいる。

ただ、これまでは肉体的な欲望と感情を結びつけて考えたことはなかった。というのも、感情は彼の人生でたいした意味を持たなかったからだ。国王としては、感情に支配されずに超然としているほうが都合がいいと早いうちからわかっていたから。

感情というものは収拾がつかなくなりかねない。とりわけ、一人の人間に気持ちを注いだ場合は。これまでは国王という立場のおかげで、そういう危険な道を歩まずにすむことを感謝していたんじゃなかったのか？

　汗で湿ったシーツを押しやると、ザヒドはベッドを出てバスルームに行き、冷たいシャワーを浴びた。勢いよく流れる水がこわばってほてった体をたたき、つかの間の安らぎを与えてくれる。しかし、それも長くは続かなかった。

　さっき見た官能的な夢が心をかき乱していた。これまでのように何かのパーティで出会い、その日のうちに彼の体の下であえがせることのできるような美しい女性たちを夢に見たのではなかったからだ。後くされのない関係を楽しみ、記念に宝石の一つでも贈って別れを告げられる相手ではなかったのだ。

　ひと晩じゅう夢に現れていたのは、フランチェスカの顔だった。

　フランチェスカ・オハラ。

　ザヒドは腰に石鹸《せっけん》を塗りつけながら、欲望に体がうずくのを感じてうめき、冷たい水がこの無駄な幻想をさっさと追い散らしてくれるよう祈った。そう、幻想なのだ。彼女に触れることは許されない。その理由をあらためて自分に思い出させなくてはならなかった。

　彼女は生まれたときから知っている幼なじみだから。

　彼女の父親はぼくを信頼していたから。

　何よりも、フランチェスカにぼくとの未来はないから。彼女はイギリス人で、ぼくはカヤーザフ人だ。それぞれに定められた運命はまったく違う。フランチェスカはとても大切な人だから、傷つけたくなかった。今のぼくには、ひと夜の戯れ以上のものは与えられないからだ。

朝食が並べられたテーブルでメールを送信したとき、ドアが軽くノックされた。

「ザヒド？」

「どうぞ」

顔を上げると、ドアがゆっくりと開き、フランチェスカが立っていた。少し不安そうな表情で、おとなしいグレーのドレスを着ていたが、その色のせいか顔に血の気がないように見える。

「ザヒド――」

「中に入ってドアを閉めたほうがいい」彼は穏やかに指示した。

フランチェスカは言われたとおりにし、大きく息を吸った。「話したいことがあるの」

「いいとも。ただし、多少とも快適に話そう」彼は朝食ののったテーブルを手ぶりで示した。「もう朝食はすませたのかい？」

「いいえ。あまり……おなかがすいていなくて」

「フランチェスカ」ザヒドはいら立たしげにため息をつくと、立ち上がって彼女のところに行き、腕をつかんでテーブルに連れてきた。ただ、腕に触れたとき、はっきりと彼女が緊張するのが感じられ、それに応じるようにザヒドの五感もざわついた。「きみの食生活には感心しないな。食事を抜くのはよくないよ。コーヒーは？」

フランキーは気がつくと椅子に座らされ、コーヒーをついでもらっていた。おまけにパンかごの中の温かいクロワッサンを食べざるをえない状況になっていた。

ザヒドの厳しい視線に見張られながら、フランキーはクロワッサンをちぎった。「ザヒド、ゆうべのことだけど――」

「ああ、ぼくもゆうべのことについて話そうと思っていたんだ」

「そうなの？」

「ああ」彼はコーヒーをひと口飲み、カップ越しにフランキーを見つめた。「だが、まずきみの話を聞こう」

それはちょっとずるいわ、とフランキーは思ったが、とてもそんなことを言える立場ではなかった。ただ、ザヒドが目の前に座っていると、思っていることを言葉にするのがむずかしかった。上等なシルクのシャツの襟元のボタンははずしたままで、黒髪はシャワーのあとでまだ濡《ぬ》れている。一日じゅうでも、そんなザヒドの姿を眺めていられそうだ。でも、だからこそ、彼に辞職を伝える必要があるんじゃない？　彼に対する愚かな欲望が手に負えなくならないうちに。

「あなたの仕事の申し出を受けたときは、いい考えに思えたの」フランキーは口を開いた。「でも、うまくいきそうもないわ。というか、あなたのところでは働きたくないの。カヤーザフには行けないわ、ザヒド。行けると思っていたけど、無理なの。ごめんなさい」

「言っていることが支離滅裂だよ。どうして無理なんだ？」

「あなたがわたしを正当に扱わないからよ」

「ぼくが？」ザヒドは冷ややかに尋ねた。「新しい服をひとそろい買ってやり、父の日記をタイプする仕事に気前のいい給料を払うつもりでいるのに、どうしてそう言われるのかわからないな」

「そういう意味じゃないわ。わかってるでしょう」

「そうかな？　じゃ、どういう意味なんだ？」

「ゆうべ、着ているものや座り方についてあれこれ言われたことよ。実際はそんなはずないのに、飲みすぎだとも言われた。それはあなたがわたしのことを生まれたときから知っていて、いまだに子ども扱いしているせいよ」

「とんでもない。ぼくがあんなことを言ったのは、きみがもう子どもではないからだ」

フランキーはとまどってザヒドを見つめ、眉をひそめた。「どういうことかよくわからないわ」

「ちょっと考えてみれば、すぐわかることだろう。いいかい、ぼくはきみをずっと友人だと思ってきた。ただ一人の女性の友人だと」

その言葉はフランキーの心に響き、ザヒドがそれを撤回するつもりなのかと彼女は不安になった。そして不意に、仕事よりも何よりもその友情こそが大切なのだと気づいた。「まるで過去のことみたいな言い方をしないで！」フランキーはよく考えないうちに叫んでいた。

「過去のことにするつもりはないよ。ただ、きみがとても魅力的な美しい女性に成長したせいで、きみをどう扱ったらいいのかわからないんだ」

それは嘘《うそ》偽りのない率直な告白だったので、フランキーは虚を突かれた。信じられない思いで彼を見つめ返し、自分の頬がほてっていることに気づくと、うつむいて皿に目を落とした。恥ずかしがっていることをザヒドがどう解釈するか不安だった。子どものころから彼にあこがれ、夢想にふけっていたことに気づかれたんじゃないかしら？

沈黙が広がり、緊張は耐えがたいほどになった。フランキーは思いきって顔を上げ、またザヒドの目を見つめた。

「どう言ったらいいのかわからないわ」フランキーは小さな声で言った。

ザヒドも同じだった。

朝の光が彼女の黒髪をきらめかせているのをザヒドは眺めた。言うべきことはわかっている。フランチェスカの言うとおり、予想外のむずかしい状況になったと言うべきなのだ。こんなふうに欲望が芽生えるとは思ってもみなかった。だから、たぶん彼女が去るのがいちばんいいのだろうと。しかし、ザヒドにとって、それは敗北だ。人生のいかなる場面においても敗北を喫するわけにはいかない。

　ザヒドは彼女の胸のふくらみに視線を移した。それは控えめなグレーのドレスをとてつもなく挑発的なものに変えていた。その誘惑に抵抗するのは、命がけの厳しい試練になるのではないだろうか？

「きみを辞めさせたくない」ザヒドはゆっくりと言った。「きみに仕事をしてもらいたい理由は変わっていないからね。ただ……」ザヒドはためらい、肩をすくめた。「ぼくたちは何かが変わったせいで不安になっている。お互いに肉体的に惹《ひ》かれ合っていることに気づいたせいで」

　フランキーは真っ赤になった。「ザヒド！」

「おいおい、フランチェスカ、とんでもなくうぶなふりはしないでほしいな」ザヒドの目がきらりと光った。「それがぼくたちの考えていたことだ。それとも、二人のあいだに燃え上がったこの不都合な欲望を否定するつもりかい？」

　黒い目に射すくめられ、フランキーは体から力が抜けるのを感じた。不都合な？　ザヒドはそんなふうに考えていたの？　フランキーはかぶりを振った。もちろん、わたしだって正直になれる。「いいえ、否定するつもりはないわ」

「問題は、きみがもうぼくの覚えている無邪気な子どもじゃないってことだ。つらい思いをしたばかりの経験豊富な美しい女性なんだよ」

　経験豊富？　わたしが経験豊富だとザヒドは思っているの？　フランキーは弱々しい笑みを浮かべた。もちろん、そう思うでしょうね。今の時代、婚約している女性のほとんどは、相手の男性とすてきなセックスを体験しているのだから。サイモンとの関係がそこまで進まなかったのは、彼が紳士だったからではなく、別の女性がいたからだ。それをザヒドに言うべきかしら？　はっきりとこう伝えるべきかしら？

ザヒド、わたしはまだバージンなの。

そんなことを言ったら、完全に負け犬よね？

ザヒドは椅子にもたれて、思い悩んでいるフランキーの顔を見ていた。「実際、相手がきみでなかったら、今すぐ抱き寄せてキスをして、手近なベッドに連れていっただろう。だが、さまざまな理由から、そうならないことは二人ともわかっている」ザヒドはさりげない口調でつけ加えたが、彼の体はその言葉とは裏腹な反応を示していた。「だから、カヤーザフに来たくない理由はよく理解できるよ。問題は、来ないことがきみにとって得になるかどうかだ」

その言葉は挑戦のように響いた。フランキーに決心をひるがえさせるだけの重みがあった。実際、父が油田の発見に貢献し、珍しいほどの情熱を込めて語った国を見たいというのは、フランキーの長年の夢だった。国の首都、マンガルストラに立つ壮麗な宮殿や美しい庭園をこの目で見たい。街の広場で開かれる市場で買ったという砂糖漬けにした胡桃《くるみ》もまた食べてみたい。

「ずっと行きたいと思っていたの」フランキーは心から言った。「父がよく話してくれたわ。春には一夜にしてポピー畑が満開になって、風景が赤一色に染まるって。夜にはあまりにも月が大きいので、手を伸ばしたら空から取ってこられそうだって。それから、東部の山地にいるという豹《ひょう》の話も聞いたわ。すごく運がよければ見られるかもしれないって」

ザヒドは自分の国に対する彼女の知識と好意に心を揺さぶられた。多くの人は中東を単なる石油産出国としか見ていないからだ。ただ、フランキーは豹については間違っている。東部の山地に棲息《せいそく》していると言われているその動物を実際に見た人間は一人も知らない。もっとも、それをフランキーに言うつもりはなかった。せっかくの夢をわざわざ壊す必要はない。

ザヒドは彼女にほほ笑みかけた。「それなら、ぼくの国に来て、それを自分の目で見るのがきみの運命なんじゃないかな」

それはフランキーがずっと願っていたことだった。ただ、胸の中の何かが、今までにない危険を知らせる警報を発していた。ザヒドの謎《なぞ》めいた表情も、肌がぞくぞくするような警告をささやきかけてくるのだった。

8

ザヒドはもう西洋風の姿ではなかった。

「どうかしたかい、フランチェスカ？」彼は穏やかに尋ねた。

どうかしたかですって？　フランキーはまじまじと彼を見つめた。こんなに胸がどきどきして、頭がくらくらすること以外に？　それとも、膝から力が抜けて、座っていてほっとしたこと？　ザヒドが自家用ジェット機の後部に仕切られた小部屋から現れたとたんにわき上がった欲望を、フランキーは無理やり封じ込めた。こういう姿のザヒドを見たのは初めてだった。

ジェット機が着陸する直前に、ザヒドは着替えのために姿を消した。この日、ホテルの部屋で朝食をともにした都会的なシークは、はるか昔の記憶のように思えた。洗練されたイタリア製スーツが、今は足首まである長い白のローブに変わっている。伝統的な衣装をまとった彼の写真は見たことがあったが、実物にこれほどの衝撃を覚えるとは思ってもいなかった。

やわらかな布地が引き締まった体をゆったりと包み込み、白い色が浅黒い肌を際立たせている。漆黒の髪は、複雑な結び目の深紅のヘッドバンドで固定された白いカーフィアに覆われていた。

フランキーはザヒドから目をそらせなくなった。確かに彼は国王だ。しかし、なぜかその事実は、圧倒されるほどの男らしさと釣り合わない気がした。彼はどちらかというと……自然のままの男そのものだわ。まるで太古の時代から現れたみたいに。不意に口がからからになって、フランキーはつばをのみ込んだ。そのころ、男性はあくまで男らしく、女性は……。

「緊張しているのか？」ザヒドが尋ねた。

「ちっとも」フランキーは嘘《うそ》をついた。

「だったら、どうしてそんなふうに両手をぎゅっと握り合わせているんだ？　リラックスして」

フランキーは手を見下ろし、指の関節が白く浮き出ているのに気づいた。ロンドンを飛び立ってからずっと不安に押しつぶされそうだったせいだろう。ザヒドと一緒にカヤーザフに行くことを承知したのは正しかったのかと考えて。

フランキーはザヒドの国で彼の命令に従うことになる。恋い焦がれている男性のすぐそばで。ザヒドは家族ぐるみの友人を誘惑するつもりはないと断言したが、皮肉なことに、その言葉はフランキーをひどく失望させた。彼の言うことは正しいと頭ではよくわかっていても。

飛行機が着陸すると、フランキーはシートベルトをはずした。「わたしの存在はどんなふうに受けとめられるかしら？　あなたの国の人たちは認めてくれると思う？」

「ぼくはまわりのみんなの機嫌をうかがうのはやめた」ザヒドは王位についたばかりのころを思い出した。初めは誰を信用していいのかわからなかった。前国王だった伯父はとても保守的で、年とった側近たちも伯父同様、国の近代化に頑強に抵抗していた。「自分自身に誠実にふるまい、その行動によって判断してもらうことにしたんだ。もっとも、きみの存在についてはたいして問題はないと思うよ。きみは有名な名字の持ち主だから」

「わたしは有名じゃないわ、ザヒド」

「ああ。でも、お父さんは有名人だ。わが国の豊かな資源を発見した人物として、お父さんの名前は学校で教えられている。わが国の英雄なんだ。きみもそう思うだろう？」ザヒドはフランキーの目がうれしそうにきらめき、唇にかすかな笑みが浮かぶのを見た。「ぼくを出迎える一団が待っているだろうが、じきに慣れるよ。ただ目をそらして、ぼくの数歩あとを歩いていればいい」

フランキーはシルクのチュニックと、そろいの細身のパンツを撫《な》でつけた。「それからこの服装だけど……大丈夫かしら？」

しぶしぶザヒドは彼女の姿に視線を走らせた。落ち着いていて、実用的で、控えめなその服装は、国の厳しいドレスコードが要求する基準をすべて満たしている。にもかかわらず、フランチェスカは信じられないほどセクシーだった。服の下にしなやかな体が隠されていることが想像できるせいだろうか？　それとも、決してフランチェスカを自分のものにできないとわかっているせいだろうか？

熱い欲望が頭をもたげるのを感じてザヒドは顔を

そむけ、飛行機のステップが下ろされると、ぶっきらぼうに言った。「けっこうだ。さあ、行こう」

フランキーはザヒドのあとから夕方のひんやりした空気の中に出ていった。政府の要人たちが国王を出迎えるためにずらりと並んでいる。フランキーが紹介され、父親とのつながりが説明されると、彼らの警戒した表情がゆるんだ。緊張に高鳴っていたフランキーの胸は、父と父がこの国のためにしたことへの誇りでいっぱいになった。

二人はリムジンで宮殿に向かった。スモークガラス越しに、背の高いやしの木が空に向かって葉を広げているのが見える。真っすぐに延びる道路はイギリスのどんな道よりも車の流れがスムーズだ。背後からは護衛のバイクのくぐもったエンジン音が聞こえてくる。隣では、白いローブをまとったザヒドが携帯電話に向かって耳慣れない母国語で話していた。

ついに宮殿の門が見えてきた。巨大な白い大理石の建物がそびえ、その前には、やしの木に縁取られた長方形の池があった。暗くなり始めた空を背景に小塔や丸屋根やアーチが見て取れ、空にはかすかに星が瞬いている。フランキーは詰めていた息をゆっくりと吐き出した。ザヒドはそれを聞きつけ、ちらりと彼女に視線を向けた。

「きれいだろう？」

「うっとりするわ」

そしてフランチェスカもそうだ、とザヒドは思い、体がうずくのを感じた。彼女もうっとりするほど美しい。感嘆に見開かれたブルーの目。盛り上がった胸は彼の官能的な衝動をかき立てる。スタッフへの紹介がすんだらフランチェスカを私室に連れていき、体を覆い隠しているこの服をはぎ取ってしまうのはそんなに悪いことだろうか？白くなめらかな腿を押し開いて、そこに欲望に駆り立てられるままに体を沈めたら？

いら立たしげにザヒドは脚を組んだ。自分がどこにいるのか忘れたのか？　自分が誰かを？　もっと重要なのは、彼女が誰かを忘れないことだ。

「スタッフに紹介しよう」

フランキーはずらりと並んだローブ姿の使用人たちと引き合わされたが、新しい経験で頭がいっぱいで、エキゾチックな発音の名前までは覚えられなかった。それに、ザヒドから目が離せなかったせいもある。今ここにいる彼は長年の家族ぐるみの友人というだけでなく、圧倒されるような力を発散している砂漠の王国の指導者なのだ。

ファイルーズという十七歳くらいの少女がフランキーの世話係として紹介された。フランキーは少女のあとから青と金のモザイクの縁取りのある大理石の廊下を歩きながら、どうやって意思を伝えたらいいのかしらと考えていた。ところが意外にも、ファイルーズは英語を上手に話すことができた。

「学校で習っているんです」フランキーの質問に対して、恥ずかしそうにファイルーズは答えた。「英語はいちばん得意な科目なので、あなたがここにいらっしゃるあいだ、お世話をするように言われたんです」

「まだ学校に通っているのね？」

「ええ、そうです」

「そのあとは大学に行くのかしら？」

少女はちょっと黙り込んでから答えた。「この国では、女性が大学に行くことは望ましくないと思われているんです」

フランキーは眉をひそめた。「冗談でしょう？」

ファイルーズはかぶりを振った。「女性は学者より母親になるほうがいいと考えられているんです」

彼女は小さくため息をつくと、肩をすくめた。「荷物をほどきます」

「いいえ、いいの。自分でできるわ」フランキーは信じられない思いで首を振った。女性が大学に行くことは望ましくないですって？　想像以上にひどい状況だわ。

「では、お風呂の用意をさせてください。長旅のあとで暑いでしょうし、カヤーザフ流のおもてなしをしなかったら、シークに怒られます」

　フランキーはうなずいた。異なる生活様式に慣れなくてはいけないのはわかっているし、ディナーの前にさっぱりしてリラックスするのはいい考えだ。

「ありがとう。うれしいわ」

　ファイルーズが用意ができたと呼びに来て、バスルームへ行ったフランキーは目をみはった。子ども用プールくらいもある四角いバスタブに薔薇《ばら》の香りのするお湯が張られ、薔薇の花びらが浮かべられていたのだ。

　少女が出ていくと、フランキーは服を脱ぎ、香りのいいお湯にゆっくりと体を沈めた。最高の気分。フランキーは目を閉じた。温かい湯と完全な静寂に包まれ、心が解きほぐされていく。お湯が冷めてくるとしかたなくバスタブを出て、身支度を始めた。

　つるされたドレスの列に指を走らせ、今夜は純白のロングドレスを選んだ。砂漠の国の人たちはよく白い服を着るんじゃないかしら。ザヒドもさっき白いローブを着ていたし……。

　ちょうど身支度を終えたとき、ファイルーズがドアをノックした。彼女のあとについて迷路のような廊下をたどり、〝小さなダイニングルーム〟と呼ばれるところへ向かう。ところが、そこはフランキーがこれまでに見たどんなダイニングルームよりも広く、金と青で豪華な装飾がほどこされていた。つるされたランプがやわらかな光を投げかけ、シナモンとサンダルウッドの香りがあたりに漂っている。テーブルは低く、椅子の代わりに金や銀の紋織のクッションが山のように積んであった。

そのときザヒドが部屋に入ってきた。側近たちの一団がそのあとに続く。二人の視線が合うと、フランキーはシルクのドレスの下で肌がかっと熱くなるのを感じた。

「こんばんは、ザヒド」

　ザヒドは純白のドレスをまとっている彼女を目にして、激しい嫉妬《しっと》を覚えた。白いドレスを選ぶという皮肉に気づいていないのか？　フランチェスカはもう無垢《むく》を象徴する色を身につける権利はないのだ。ろくでなしのサイモンが彼女の純潔を奪ったと思うと、黒々とした怒りが込み上げてくる。

　側近たちが指示を待って立っている。彼らは英語もそこそこできるので、一緒に席につかせるつもりだった。しかし、ザヒドは衝動的に手を振ってさがるよう合図し、側近たちはぞろぞろと部屋を出ていった。ザヒドはクッションの山に座ると、フランキーにも座るよう手ぶりで示した。

「きみの部屋は気に入ったかな？」

「もちろんよ。すばらしいわ」

「それから、おなかはすいているだろうね？」

　食べ物への関心は、目の前に座っている男性のせいで消えてしまったとは言えなかった。ザヒドのセクシーな唇から無理やり視線を引きはがして部屋をぐるりと見まわし、フランキーは礼儀正しく答えた。

「話に聞くカヤーザフのごちそうをいただくのが楽しみだわ」

「では、始めよう」ザヒドが部屋のわきに控えている給仕に合図すると、料理が運ばれてきた。

　フランキーはピスタチオを散らしたつやつやしたライスとドライフルーツ、やわらかいチーズをちょっとつまんだだけだったが、食事のあいだずっと皿に視線を落としているようにした。顔を上げたら、目に浮かぶ思いをザヒドに読み取られるのではないかと怖かったのだ。

「今夜はずいぶん緊張しているみたいだね」ザヒドが言った。「それとも、ぼくのほうを見ない特別な理由でもあるのかな？」

しかたなくフランキーは顔を上げて、炎のように感じられる彼のまなざしを受けとめた。本当のことを言ったら、ザヒドはどうするかしら？ 抱き締めてほしいと、キスをしてほしいと思っていると言ったら。ザヒドが絶対に起こらないと言ったことは、わたしが起こってほしいと焦がれていることだと。フランキーは無理に笑みを作った。「ここであなたを見るのに慣れていないから。国王のあなたを」

ザヒドはうなずいた。彼自身、王冠をかぶることになかなか慣れなかった。最高権力者となることにも、それにともなう陶酔感にも。ただ、思いがけず手にした権力には代償がともなった。

国王である伯父と王位継承者の一人息子を乗せた飛行機が嵐《あらし》の中で墜落した結果、ザヒドは新しい国王となった。予想もしていなかった、そして、あまり望んでもいなかった役目だが、精いっぱい務める覚悟を決めた。しかし、政府と国民からの信頼を得るにはまだ時間がかかるだろう。「しばらく前にぼくは国王になった。きみも知っているだろう。そのことに変わりはないんだよ、フランチェスカ」

フランキーはきらめく黒い瞳をのぞき込んだ。

「ええ、頭ではわかっているの。でも、実際に見ると、ローブ姿で宮殿にいて、使用人たちにかしずかれているあなたは少しまぶしくて。イギリスではもっとカジュアルなあなたを見慣れていたでしょう」

ザヒドはぶどうを一つ取って口に運んだ。「ぼくも女性とこんなふうに座ることにはまったく慣れていないと言ったら、少しは気が楽になるかな」

「でも、前にもここに来た女性はいるでしょう」

「もちろん、ときどきね。でも、みんな既婚女性で、夫に同行して来たんだ。一度も……」一度も薔薇とジャスミンの香りがする女性がぼくの五感を占領したことはない。「独身女性は来たことがない」

「それなら」続けなさい、とフランキーは自分をけしかけた。言うのよ。夢想してばかりいないで、彼の現実の生活を知りなさい。「恋人はいないの？」できる限りさりげなく彼女はきいた。

　ザヒドはうなずいた。「いない。自然な欲求はここではなく、海外でひそかに満たしているからね。もちろん、いつかは結婚するだろう。そうしたら、ベッドをともにするのは……妻だ」

　自分のした質問に恐れていた答えが返ってきて、フランキーの胸は痛んだ。だが、どうにか笑みを絶やさずに言った。「将来設計がすっかりできているようね」

「当然だよ。それは国王の身分についてくるものなんだ。ある意味では楽だけどね。ぼくには選択という贅沢《ぜいたく》が許されていない。これはぼくに定められた運命なんだ。カヤーザフ人の妻をめとり、それによって高貴な血筋を伝えていくことが」

「だけど、それは少し時代遅れなんじゃない？」

　ザヒドはもう一つぶどうを食べた。甘い果汁が口の中に広がる。「少しどころじゃない。でも、ぼくは知ってのとおり、時代遅れの人間なんだ。ここではすべてが時代遅れだし、現代的な生活にだっていろいろ欠点はある。きみもそれはよく知っているだろう、フランチェスカ」

「それじゃ、あなたには選択肢がないってことを恨んではいないの？　自分の意思で選ぶのではなく、期待されるままに花嫁を選ぶことを？」

　クッションの山に背中を預けたザヒドの目が光った。「避けられないことに文句を言ってもしかたがないよ。それに選択の自由は毒にもなりうるんだ。選択は欲をつのらせ、運命に不満をいだかせる。西洋の夫婦は二人の関係に完璧《かんぺき》を求めるが、完璧なんてありえないことなんだ。だが完璧が実現できないと、それを別のところに探し始める。西洋の離婚率を見てごらん。選択というのがそんなにいいものか、疑問に感じるだろう」

それはフランキーがひそかに期待していた答えではなかった。ザヒドが運命に不満をいだいて、心の求めるままに生きることを望んでいますように、と願っていたのだ。フランキーは唇を噛《か》み、膝の上で握り合わせた自分の手をじっと見下ろした。まさか彼の心を射とめる候補者になれるかもしれないなんて考えていたわけじゃないでしょう？

「それに」ザヒドは穏やかに続けた。「ぼくの花嫁には美しさも求める。そうすれば、生涯をともに過ごすのがむずかしくないだろうからね」

真実とはつらいものだ、とフランキーは悟った。どうしようもなく胸が痛い。

フランキーは顔を上げてザヒドを見つめた。彼の顔はランプの光に照らされ、高い頬骨が浅黒い肌に影を落としている。不意にフランキーはすぐにでも食事を切り上げ、傷ついた心を抱えて部屋で一人きりになりたいと思った。「あなたが部屋に引き揚げるまで待つべきなのかしら？　それとも、わたしはすぐにベッドに行ってもかまわないの？」

心の中でザヒドは彼女の質問を罵《ののし》った。これは文字どおり無邪気な質問なのか？　単に眠る以外のことをほのめかした女性はいくらでもいる。「疲れたのか？」ザヒドはよそよそしい口調で尋ねた。

「ええ、とても」フランキーはきびきびと応じた。てきぱきと明るくふるまい、仕事に徹しなければ。愚かでロマンチックな夢想は今度こそ葬り去らなくては。「長い一日だったから」

「確かに」ザヒドは優雅な身のこなしで立ち上がり、控えていたスタッフを呼び寄せると、フランキーを身ぶりで示し、母国語で何か言ってから彼女に向き直った。「おいで、ぼくが部屋まで送ろう」チュニックを撫でつけながら、フランキーも立ち上がった。「そんなことをしていただく必要はないわ、ザヒド」

「必要はあるよ。この広い宮殿ではきっと迷子になってしまうから」ザヒドは答えたが、どうして使用人に送らせないのか、とあえて自問はしなかった。

長い廊下を進んでいくと、二人の足音とザヒドのローブが大理石の床をこするかすかな音だけが響いた。アーチになった柱や複雑なモザイクはどれも同じように見えたが、それでもフランキーは途中で目印になるものを見つけようとした。

ザヒドが彼女の部屋の前で立ちどまり、振り返った。薄闇《うすやみ》の中で彼の目は黒々ときらめいている。

「着いたよ。無事にきみを送り届けた」

「ありがとう」しかし、鷹《たか》のような面差しと濃いまつげに縁取られた黒い目を見上げたとき、フランキーは無事だとは感じられなかった。二人の周囲で危険と期待が渦巻いているような気がした。一歩進み出れば、彼の腕に抱きすくめられる気がした。それこそわたしがずっと願っていたことでしょう？　今、そのせつない思いがかなうんじゃないの？

あとになって、フランキーは自分の欲望が彼に伝わったのではないかと思った。そうでなければ、ザヒドが手を彼女の頬に伸ばし、それを認めるかのようにしばらくじっと触れたままでいた理由が思いつかない。

「おやすみなさい、フランチェスカ」彼はやさしく言った。

「おやすみなさい」フランキーはささやき返した。頬に触れた手のぬくもりをさらに求めて、彼女はほんの少しだけ顔をすり寄せた。その拍子に彼の手のひらを唇がかすめた。それは意図したことではなかったが、ザヒドは震える吐息をもらした。

「ぼくの決心を試しているのか？」ザヒドは尋ねた

が、手はそのまま動かさなかった。フランキーがひと言だけ発したとき、彼は温かい息を手のひらに感じた。

「いいえ」

ザヒドはゆっくりと親指でフランキーの唇の輪郭をなぞった。「信じられないな」

「わたしは……嘘なんかつかないわ、ザヒド」

「ああ」それはわかっている。だが不意に、嘘つきならよかったのに、とザヒドは思った。フランチェスカがずる賢い策略家なら、両腕に抱きすくめて愛を交わすことに良心のとがめを感じなくてすんだのに。彼女が別の人間ならよかった。生まれたときから知っているブルーの瞳の少女ではなく、決して感じてはいけない欲望をかき立てる女性でもない、ほかの誰かだったら。

ザヒドは低い笑い声をもらし、彼女の顔を仰向かせた。これが間違っていることはわかっていた。今すぐやめるべきだった。手遅れにならないうちに。

「ザヒド？」

フランキーのためらいがちな問いが、静かな夜に響いた。

「ぼくたちはもうお互いを苦しめるのをやめて、なりゆきに任せるべきなのかもしれない」ザヒドは言った。「二人とも闘うつもりがないのに、闘おうとしても無駄だろう？」そしてフランキーに答える隙《すき》を与えずにザヒドは彼女を抱き寄せ、唇を重ねた。果てしないほど長く待ち続けたキスだった。

いきなり熱い唇を押し当てられ、ぐらりとよろめいた彼女をザヒドはいっそう強く抱き締めた。フランキーはシルクのローブ越しに彼の欲望のあかしと早鐘のような胸の鼓動を感じた。あまりにも猛々《たけだけ》しい男らしさにおびえてもいいはずだったが、フランキーは少しも怖くなかった。ザヒドに情熱のありったけを込めてキスをされ、狂おしいほどの喜びであふれんばかりになっていたせいだ。サイモンはこんなふうに感じさせてはくれなかった。

　フランキーのわずかなためらいは、彼女に押しつけられている、欲望にはちきれんばかりになっているザヒドの体によって追い散らされた。まるで強い川の流れにのみ込まれ、押し流されたように抗《あらが》うことができない。もはやフランキーは抵抗したくなかった。わたしはこれを望んでいたのだから。これ以上のことを。

「ザヒド」うめき声をもらしてフランキーは手を上げ、彼の黒髪に両手を差し入れようとした。しかし、彼の頭はカーフィアで包まれていた。

　ザヒドは凍りついた。フランキーのやわらかな体はうっとりするほどすばらしかったが、女性がカーフィアに触れるのは、思わず身を引いてキスを中断するほどの出来事だ。ザヒドは西洋の服でしか愛を交わしたことがなかった。今初めて、スラックスのファスナーを下ろし、シャツのボタンをはずすという手間がないというのに、なんという皮肉だろう。ゆったりとしたシルクのローブなら、すぐにでも彼女を抱けるのに……。

　それは決して起こらないことだ。

　ザヒドはさっとフランキーの手をつかむと、頭から離した。きゃしゃな手首の脈が狂ったように打っているのが感じられる。ぼくは何を考えていたんだ？　ディナーの席で語った女性についての高貴な考えはどこに行ったんだ？

　ザヒドは失望に震えるフランチェスカの唇を見つめた。彼女を抱くのはきっととても簡単だったろう。すばやく抱きすくめて、深く彼女の中に体を沈め、情熱を解き放つのは。フランチェスカはどの男にも、こんなふうに簡単に身を任せるのか？　ザヒドは怒りに唇を引き結んだ。

「あってはならないことだった」ザヒドは言いなが

ら一歩あとずさった。

　ぼんやりとフランキーはうなずいた。「ええ、わかっているわ。でも――」

「〝でも〟はありえない、フランチェスカ」ザヒドは乱暴にさえぎった。「〝でも〟なんて絶対にないんだ」

　怒りに声を震わせながら、ザヒドは寝室のドアを開けた。その手つきは言葉よりもはるかにやさしかった。

「さあ、寝るんだ」ザヒドはそう言うと、フランキーを寝室に押し込み、きっぱりとドアを閉めた。

9

「それで、どこに行くつもりなの？」フランキーは礼儀として興味ありげに聞こえるよう努力しながら、巨大な四輪駆動車の助手席に乗り込んだ。

　地獄へ行って戻ってくるんだ、と思いながら、ザヒドはイグニションキーをまわし、砂漠の朝のまばゆい陽光の中を走りだした。「新しい競馬場だ。日記の仕事に取りかかる前に、実際に見てもらえるようにね。女性専用施設について、ちゃんと配慮が行き届いているか、意見を聞きたいんだ。きみらしい、正直なところをね、フランチェスカ」

　最高だわ、と思いながら、フランキーはサングラスの下で激しくまばたきした。こらえようとしているのが涙なのか、退屈なのか、よくわからなかった。またしても男性に拒絶され、彼のことを思って眠れない夜を過ごしたというのに、翌朝その人はカヤーザフの新しい競馬場の〝女性専用施設〟を視察しろと言う。これ以上ひどいことってないんじゃない？

「かまわないわよ」フランキーはどうにか笑みを浮かべると、思いきって鷹《たか》に似た横顔に目を向けた。「どうして運転手じゃなくて、自分で運転しているの？」

　ザヒドはきつくハンドルをつかんだ。どうしてぼくが運転しているかわからないのか？　明らかだろう？　ゆうべのような誘惑に陥らないために、何かしている必要があるからだ。心そそる彼女の唇を見つめ、その唇を体のどこに押し当ててもらいたいかと考える以外のことを。彼はバックミラーをちらりと見て、あとをついてくる警護の車を確認した。

「ぼくは運転が好きなんだ。とりわけ砂漠のドライブはね。道路は平らで真っすぐだから、世界じゅうのほかの場所では絶対にできないくらい、思いきりアクセルを踏み込むことができる」

「そうね」フランキーはシートにもたれた。傷ついていることを彼に悟られてはだめよ、と自分に言い聞かせる。ゆうべ抱き締められたときに感じたことや彼の熱い唇の感触のことばかり考えるのもだめ。フランキーは前方の道路に注意を集中させようとした。「わたしも運転は大好きなの。だから、あとで運転してみたいわ」

　一瞬の沈黙のあと、ザヒドが言った。「残念ながら、それは無理だな」

「そうなの？　わたしが運転していても車の保険は下りるようにできるんでしょう、ザヒド？」

「保険とは関係ない。これはとても馬力のある車なんだ」

　これほど鬱憤《うっぷん》がたまっていなかったら、聞き流していただろう。しかし、生まれて初めて味わっている激しい欲求不満以外に集中できることを見つけて、フランキーは飛びついた。

「幸い、わたしは一度で運転試験に合格したし、小柄な女性は大型車のハンドルを握ってはいけないという交通規則もないわ。だから、ぜひとも運転してみたいの。あなたさえよければ」

「実を言うと、よくないんだ。この国では女性は運転を許されていないんだよ」

今度の沈黙はさっきよりも長かった。「まさか、冗談でしょう？」

ザヒドはちらりと彼女を見た。今日はアイスブルーのチュニックとパンツに身を包んでいる。そのクールなイメージとは対照的に、彼女の唇から発せられた質問には熱い怒りがこもっていた。

「いや、本当だ」

「女性は運転を許されていない？　どうして？」

ザヒドはハンドルをぎゅっと握り締めた。フランチェスカをこの国に連れてきたのは、父の日記をタイプしてもらうためだ。ぼくや、ぼくの国の法律に文句を言わせるためじゃない！

「ぼくにきかないでくれ。その法律は何十年も前に制定されたんだから」

フランキーは唖然《あぜん》とした顔を彼のほうに向けた。

「そろそろ落ちを聞かせてくれて、今のは冗談だと言うと思っていたのに」

「きみには時代遅れに思えるだろうね。実はぼくもそうだ。しかし、前の国王は保守的な考えの持ち主で、いわば男性優位主義に基づいていた。今でも多くの国民がその見解を支持している」

「それでわかったわ。だから、女性は大学に行かせてもらえないのね。でも、どうしてあなたは男性優位主義をそのままにしておくの？」

「女性は守られる必要があると感じているからだ」

「誰から？　何から？」

「もちろん、男性からだ。それに自分自身からも」

「あなたはそれを守られていると表現するのね」フランキーは首を振った。「閉じ込められていると思う人もいるんじゃないかしら」

「それは視点によるさ」ザヒドはアクセルを踏み込んだ。「男女が自由に交流したらセックスにつながる。そして、結婚前のセックスはいいこととは限らない。きみはそのことを誰よりも知っているはずだよ、フランチェスカ。きみがバージンを捧《ささ》げた男は、もうきみと将来をともにすることはないんだから。とんでもない時間の浪費だ」

　これほど腹が立っていなかったら、フランキーはその結論は間違っていると言っただろう。だが、あまりにも傲慢《ごうまん》な言葉にいら立って、フランキーは彼を非難した。

「それなら、海外に行くたびに好きなだけセックスをしながら、いずれは故国でカヤーザフ人のバージンの女性と結婚するというあなたはどうなの？」詰問しながらも、熱い嫉妬《しっと》がサーベルのように鋭く胸を切り裂くのを感じた。

　ザヒドは肩をすくめた。「ぼくは国王だ。それがぼくに期待されていることなんだ」

「つまり、男性と女性のルールは違うっていう意味かしら？」

　ザヒドはバックミラーを見た。「残念ながらそうだ。ずっとそうだったんだ。男女同権主義者がどんなに抗議しようとも」

　フランキーは窓の外に目をやり、ふくらんでくる怒りを静めようとした。

「カヤーザフで男女が自由に交流できないなら、どうしてわたしをここに連れてきたの？」

　サングラスの奥でザヒドの目が険しくなった。車のスピードを落として、米袋を積んだ荷車を追い越しながら、ザヒドは体の奥で欲望が頭をもたげるのを感じた。「そのことはもう自分に問いかけて、そうしたのは間違いだったとわかっている」

「どう間違っていたの？」

ザヒドはすぐには答えなかった。ゆうべあんなことが起こったのに、ごまかしてもしかたがないんじゃないか？　ばかげたキスのあと、それがずっと彼の頭を占領していた。たった一度のキスで、ひと晩じゅう欲望に体がうずいた。今だってそうだ。「きみに抵抗できると考えたからだ。きみに抵抗することは、自制心のテストになると思った」

「でも、確かに抵抗したでしょう。だから、あなたはそのばかばかしいテストに合格したのよ」

ザヒドは短い笑い声をあげた。「こんな話をきみとしているなんて信じられないよ」

「わたしもよ」とはいえ、フランキーはそれがまったくの真実ではないことに気づいた。根本的に意見が違っても、二人のあいだには親密さが存在した。それはサイモンとのあいだにはなかったことだ。ザヒドのことは子どものころから知っているので、二人の境遇がまったく違っても、彼と一緒にいるときは自分らしくいられるせいかしら？　この不都合な肉体的魅力が頭をもたげる前は、彼を一人の人間として知っていたから？

「見てごらん」ザヒドがいきなり言った。「国で二番目に大きな都市、カラタラの郊外を走っているんだ。ダイヤモンドと絨毯《じゅうたん》と甘いオレンジが有名だ。じっと目を凝らせば、遠くに競馬場が見えるよ」

フランキーは話題を変えられることにほっとした。競馬場が近づいてくると、そこにつぎ込まれた莫大《ばくだい》な資金と労力がはっきりと見て取れた。建物を構成する金属とガラスの輝きが二人を出迎え、フランキーは車を降りてモダンなデザインを眺めた。

ザヒドのすぐ後ろを歩きながら、最新式のコースに感心した。鮮やかな緑の芝が蛇のようにカーブを描いている。砂漠の真ん中にあるだけに、いっそう印象的だった。

どこもかしこもここには惜しみなくお金がつぎ込まれている。あらゆるものが新品で、最高のものだ。馬と騎手のためのすばらしい施設はもちろん、ダイニングルームやパーティルームもある。女性専用施設はほかとは区切られ、すべてが贅沢《ぜいたく》だった。美しい蘭《らん》の鉢がいたるところに飾られ、化粧室にはフランス製の香水と石鹸《せっけん》がずらりと並んでいる。

王族専用のダイニングルームで、二人は小さなカップで濃くて甘いコーヒーを飲み、蜂蜜《はちみつ》とカルダモンで風味づけしたケーキを食べた。フランキーはザヒドが競馬場をとても誇りにしているのを感じた。

「ここを国際的な競馬場にするつもりなんだ。カヤーザフカップを二十一世紀のもっとも価値あるトロフィーにしたい。アスコットやチェルトナムやメルボルンで与えられる栄冠にひけをとらないものに」

彼はカップを置き、フランキーを見つめた。「で、どう思う？」

「最高だと思うわ」

ザヒドは満足そうに微笑した。「そうだろう？」

「同時に、矛盾しているとも思うわ」

ザヒドは眉根を寄せた。「どういうことかな？」

ゆうべザヒドが部屋に入ってきて抱いてくれていたら、考えていることをはっきり言ったかしら？　こんなふうにあら探しをした？　いいえ、これはあら探しじゃないわ。根拠のある意見よ。それに、意見を聞きたがったのはザヒドなんだから。

フランキーは両手を組んだ。「世界じゅうから観客を集めたいと思っているんでしょう？」

「もちろん。そうでなければ成功しないよ」

「それなら、これははっきり言えるわ、ザヒド。自立した女性は運転を禁じられるなんて我慢できないはずよ。観光するとき、どうしたらいいの？」

「タクシーがある。運転手を雇えばいい」ザヒドは低く笑った。「運転手つきの車に乗るのをいやがる女性がいたら教えてほしいね。そんな女性は一人も見つからないと思うけど」

いら立たしげにフランキーは首を振った。「話をそらさないで。女性は運転手つきの車が好きかもしれないけど、運転禁止は不当だと考えるわ。自由を奪われるのはいやなのよ」

「だったら、来なければいい」

「となると、その女性たちの有力な夫も来ないということよ。そうしたら、どうなるかしら？　観客席が空っぽでは、競馬場は成功とは言えないわ」

ザヒドは体をこわばらせた。ここにフランチェスカを連れてくるのがいい考えだなんて、どうして思ったんだ？　これは彼女のためを思ってしたことだ。悲惨な恋愛が終わったあとの気分転換になると思ったのだ。確かに、彼女にぴったりの仕事を与えたのだから、代わりに絶対的な忠誠を期待するのは当然のことだろう。あれこれ批判をされる羽目になるとは思ってもいなかった。「きみはもちろん、自分の意見を持つ権利はあるよ、フランチェスカ。ただ、ぼくがそれに同意することは期待しないでくれ」

「それじゃ、あなたは自分の聞きたいことを言ってくれる人だけを雇っているの？」フランキーは穏やかに尋ねた。

ザヒドはかっとなった。もうたくさんだ！　あらゆる特権を与えているのに、彼女はささやかな礼儀すら示せないのか？　彼はいきなり立ち上がった。

「行こう」

ザヒドが怒っているのはわかったが、フランキーは気にしなかった。彼女自身も腹を立てていたからだ。理由はよくわからないとしても。あるいはわかっていても、それを認めたくないだけかもしれない。

　車が走りだすと、フランキーはくっきりとしたはるかな地平線と砂漠の深いブルーの空に目をやった。熱い砂からかげろうがゆらゆらと立ち上っているのが見える。それなのになぜわたしの心は冷たい水に投げ込まれたような感じがするのかしら、と彼女は思った。

　その横で、ザヒドは体じゅうから怒りを発散させながら運転している。ふくれるのは勝手だけれど、こんなにスピードを出す必要があるのかしら？

「ずいぶんスピードを出すのね、ザヒド」

「だから？」

　フランキーはザヒドの傲慢さに思わず笑いそうになったが、怒りはますますつのるばかりだった。笑いたくなんかない。わたしがしたいのは……。

　彼女は無意識に指先で唇に触れた。

「爪を噛《か》むんじゃない、フランチェスカ」

「あら、女性はそれも禁止されているの？」

　ザヒドは鋭く息を吸い込んだ。フランチェスカはまったく手に負えない。けんかっ早く、怖いもの知らずで、なんでも思ったことを口にする。彼はシートの上で座り直して、体の奥でうずいているものを追い払おうとしたが、無駄だった。

　目の隅で、ザヒドはフランチェスカがほっそりしたパンツに包まれた脚を組んでいるのを観察した。どんなに努力しても、彼女のあらわな体を想像せずにはいられなかった。胸はどんなふうだろう？　やわらかな白い胸のふくらみの先端は薔薇《ばら》色で、そのまわりをゆっくりと舌でなぞったら……。

　心と体を闘わせながら、ザヒドはハンドルをぎゅっと握り締めた。彼女を抱かないことで、誰を守ろうとしているんだ？　フランチェスカは怖いもの知らずで、不平等は許さないとはっきり言っているのに。

　フランチェスカは守られることを求めていない。

ぼくを求めているんだ。

そして、ぼくもフランチェスカを求めている。

バックミラーで後続の車を確認してから思いきりアクセルを踏み込むと、護衛の車は小さな黒い点になった。

ザヒドは新たな目的を持って運転し始めた。砂漠の道をしばらく走ってから左に曲がり、背の高いサボテンの並ぶ細い道に入る。

フランキーは眉をひそめた。「どこに行くの、ザヒド？」

ザヒドは答えをはぐらかすつもりはなかった。フランチェスカには拒絶する機会を与えるべきだ。心の底では、きっと彼女は拒絶しないとわかっていても。

「この近くにぼくだけの秘密の家があるんだ。ときどき、逃げ込むための場所が」ザヒドは意味ありげに言葉を切った。「きみがそこを見たいんじゃないかと思ったんだ」

その口調に秘められた何かがフランキーの五感を刺激し、彼女の鼓動は速くなった。その言葉の裏に欲望がにじんでいるのは、はっきりわかった。彼の意図は明らかだ。その黒く輝く瞳を見れば。

一瞬、フランキーはどうしたらいいかわからなくなった。しかし、こんな機会は二度とないかもしれないと悟ったとき、迷いは消え去った。ついに夢がかなうのだ。フランキーは唇を噛んだ。記憶にある限りずっと、彼女はザヒドを求めていた。そして、ついに夢想が現実になるチャンスが訪れたのだ。

「ぜひ見たいわ」フランキーははっきりと答えた。

10

手練手管はまったくなかった。時間をかけた誘惑も甘い言葉もなかった。秘密の家のドアが閉まったとたん、ザヒドはフランキーを腕に抱き寄せていた。それから両手で彼女の顔を包み込むと、大きなブルーの目をじっと見下ろした。フランキーの頬は鮮やかな薔薇《ばら》色に染まっている。

「フランチェスカ」ザヒドは歯を食いしばって言った。「神よ、このふるまいをお許しください」

「わたしもお許しください」彼女はささやいた。

それから二人は抱き合い、キスをした。フランキーは両腕を彼の首に巻きつけ、蔦《つた》のようにしがみついた。二人の唇はしっかりと重なり合い、舌は親密なダンスを踊る。低いうめき声をもらしながら、ザヒドがさらにフランキーを抱きすくめると、熱い欲望のあかしが彼女の体に押しつけられた。それに応《こた》えるかのようにフランキーも彼の腕の中で身をくねらせる。

ザヒドはやっとの思いで体を離した。

「どうしたの？」当惑したフランキーがささやく。

彼はかぶりを振った。「ここではだめだ。おいで。きちんとしたいんだ」

きちんと。フランキーは期待に胸を高鳴らせた。ザヒドは彼女の手を取り、巨大なベッドが置かれた部屋に連れていった。戸外の光がさんさんと降り注いでいたが、ザヒドが壁に設置されたボタンを押すと、ブラインドが下りてきて日ざしを締め出した。

ザヒドは両手を彼女のなめらかな黒髪に差し入れると、ぐいと引き寄せてまた唇を重ねた。それはザヒドにとって拷問だった。想像を絶するほどの甘やかで繊細な拷問だった。別の相手だったら、ザヒドはすぐに思いを遂げてしまっただろう。そして、差し迫った飢えが満たされたあとで、ゆっくりと愛を交わしただろう。しかし、フランチェスカについては、そんなふうに自分のものにしたくなかった。ゆっくりと愛したかった。まず服を脱がせて、その体を眺めたかった。まばゆい体を隅々まで。

「邪魔な服を脱いでしまわないか？」

「ああ、ザヒド、ええ、お願い」

ザヒドは笑みを浮かべ、すばやくカーフィアを脱いだ。「腕を上げて」

フランキーが言われたとおりにすると、ザヒドは頭からチュニックを脱がせ、さらにシルクのパンツもさっと引き下ろした。ぱっとしないブラとショーツを見られてしまったと気づいたが、ザヒドの熱い称賛のまなざしに自信をかき立てられ、フランキーは安物の下着を身につけていることを忘れた。

もどかしげにザヒドが脱ぎ捨てたローブがかすかなきぬずれの音とともに床に落ちる。フランキーは硬く引き締まった体を目にして、頬がかっと熱くなるのを感じた。

「気に入ったかい？」ザヒドが低くつぶやいた。

頭がくらくらして口がきけず、フランキーはただうなずくばかりだった。たくましい筋肉も、浅黒い肌も、全身にみなぎる男らしさも気に入った。

彼の肌も彼女の体も、まるで火がついたように熱く燃えていた。ザヒドはカシミヤの毛布を押しやると、フランキーをなめらかなサテンのシーツの上に横たえた。

「ザヒド……」ブラとショーツがはぎ取られ、裸の胸に抱き寄せられると、フランキーは目を閉じた。

「なんだい？」

「これって、まるで……」彼の手が胸のふくらみを包み込み、先端をじらすように愛撫《あいぶ》する。

「まるで、なんだい？」ザヒドはささやいた。「地上で見つけた楽園みたい？」

「ええ、そう、そのとおりよ。ああ！」彼の唇が胸に押しつけられ、指はゆっくりとおなかを滑り下りていく。フランキーの体の芯《しん》は溶岩のように熱くとろけていった。

いちばん触れてほしいところを彼に触れられて、恥ずかしく感じるべきなのかしら？　でも、地上の楽園に足を踏み入れるのを恥ずかしがってはいられないでしょう？　わたしも彼に触れるべきかしら？ザヒドのような男性は、恋人にどうしてもらいたいの？

フランキーはおずおずと指先で彼の情熱のあかしに触れた。それはシルクと鋼鉄のような感触だった。

「だめだよ」ザヒドは残念そうにささやいた。「今はだめだ。あまりにも興奮してしまったから、またきみに触れられたら、すぐに終わってしまうかもしれない」

ザヒドは彼女の上に身を重ね、腿のあいだに欲望にうずく体を押し当てた。だが、その前に言っておくべきことがある。たとえ雰囲気がぶち壊しになっても。

「フランチェスカ……」

ザヒドが気を変えたのかとおびえながら、フランキーは目をしばたたいた。「え？」

「今はこんなことを言うのにふさわしくないけれど、黙っていて手遅れになってしまうといけないから」

「何を言いたいの？」

「これがずっと長く続くものだとは考えていないね？　絶対にそれはないんだ。わかっているね？」

フランキーは影になったザヒドの顔を見上げ、今、そんなことを言いだすなんて、と一瞬彼を恨んだ。残酷な言葉は彼の気持ちをはっきりと伝えていたが、だからといって何も変わらない。「もちろんよ。わたしはただ求めて……」何を求めているの？　ほかの女性たちが感じたように感じることを？　ずっと恋い焦がれていた男性と快楽を分かち合うことを？　心の奥にしまってきた秘密を今、彼に打ち明けるべきかしら？　フランキーはザヒドの唇の輪郭を見つめた。唇はすぐそばにあったので、吐息の温かさまで感じられた。

　彼にそれを言ったら、どうなるかしら？　やめてしまう？　ええ、そうよ、彼はきっとやめるわ。たとえとてつもない意志の力を必要としても、ザヒドは思い直すだろう。

「何を求めているんだ、フランチェスカ？」ザヒドが低い声で尋ねた。

　彼に言うわけにはいかない。ともかく、今はまだ。

「あなたを求めているの」

「それなら、手に入れられるよ」ザヒドはかすめるように唇にキスすると、手を彼女の腿のあいだに差し入れて開かせ、欲望のあかしをじらすように彼女の熱く潤った部分にそっと触れさせた。「ほら、ぼくをあげよう」

　性急にザヒドはフランキーの中に突き進んだ。信じられない思いで五感が事実をつなぎ合わせ、何が起こっているのかを彼が正確に認識する前に、すべては起こった。一瞬の抵抗を感じたあと、彼はフランキーの奥深く体を包み込まれ、うめき声をもらした。フランキーがあげた小さな苦悶《くもん》の声はザヒドの最悪の疑いを裏づけたが、すでに手遅れだった。情熱に駆り立てられ、もはや引き返すことはできなかった。

「ザヒド！」フランキーはあえいだ。

「力を抜いて」ザヒドはゆっくりと彼女の中で動き始めた。

「ああ、ザヒド」さっきよりもかすれた声で彼女がささやく。

ザヒドはこんなふうに女性を抱いたことがなかった。何度も何度も、彼は頂点に上り詰めそうになるのをこらえた。フランキーの初めての経験を忘れがたいものにしたかった。

フランキーは枕《まくら》の上で激しく頭を振り、歓《よろこ》びの声をあげ始めた。やがてザヒドは彼女の変化を感じ、動きをとめた。彼が見守る前でフランキーは背中をそらし、胸全体をピンクに染めて、熱い歓喜の声とともに絶頂を迎えた。

フランキーのわななきがおさまらないうちに、ザヒドもついに自分自身の情熱を解き放った。それはこれまで味わったこともないようなめくるめく陶酔の瞬間だった。あらゆるものが、この純粋な快楽の前には色あせて見えた。これまでの人生におけるどんな闘いも勝利も、このフランチェスカ・オハラとの甘美で無防備なひとときとなら引き替えにできそうだった。

だが、しばらくして興奮が静まってくると、ザヒドの頭は猛烈に回転し始めた。彼はゆっくりと体を離し、気持ちを落ち着けてから、フランキーを自分のほうに向かせ、彼女の頬を伝う涙に心を乱されまいとした。

ようやくしゃべれるようになったときには、言葉が弾丸のように飛び出してきた。信用できると思っていた唯一の女性が、ぼくをだましたのだ。

「それで、なんらかの説明をする気はあるのか？」

急に冷たくなった彼の声を聞いて、フランキーの心は沈んだ。尋問はあとにできないのかしら？ 今わたしが味わっているこのぬくもりと親密さを、あと少しのあいだでも味わわせてくれないの？

「いったい何を――」

「もったいをつけるのはやめてくれ、フランチェスカ。ぼくをじらすのはもう充分だろう」ザヒドは彼女の頬できらめき、自分を非難しているように思える涙を腹立たしげにぬぐった。「ぼくが何を言っているのか、ちゃんとわかっているはずだ」

「わたしが、バー……」その言葉は望ましくない侵入者のように感じられて口ごもった。ザヒドの不機嫌な表情に彼女はおののいた。

「バージン。バージンだったことだ」ザヒドは信じられないというように首を振り、床に落ちていたカシミヤの毛布を拾い上げると、フランキーに突きつけた。その白い肌を目にしているのが耐えられなかった。「これで体を覆うんだ」

フランキーは震える手で毛布を引っ張り上げると、気遣わしげにザヒドを見つめた。

「どうして言わなかった？」

「言ったら、あなたがやめるとわかっていたから」

「ああ、そうとも、やめていたさ」

「わたしはやめてほしくなかったの」フランキーは小さな声で言った。

その率直さに不意を突かれ、ザヒドは少し気持ちをやわらげた。だが、彼女のしたことと、その影響を考えないわけにはいかなかった。「サイモンとはセックスをしなかったのか？」尋ねてから、その質問の滑稽《こっけい》さに気づいて短く笑い声をあげた。「もちろん、しなかったんだ。たった今、ぼくが自分で確かめたんだから。問題は、どうしてしなかったか、だ」

フランキーは証言台に立たされているような気がした。自分を弁護してくれるものは真実だけだった。

「それは……サイモンに触れられるたびに緊張して体がこわばってしまったから」ぎこちなく肩をすくめた。「凍りついたみたいに」

「さっきはあまり緊張していなかったな」

フランキーはごくりとつばをのみ込んだ。ザヒドはぞっとするような詳しい話までさせるつもりかしら？　不機嫌なシークに対する気持ちの何十分の一しか感じていなかった男性と婚約した愚かさを認めなくてはいけないの？　本物の情熱と欲望がどんなものか、たった今わかったことも？

「あなたはわたしをリラックスさせてくれたから。いいえ、そういう言い方は当てはまらないわ。あなたはわたしを……」彼女はまた肩をすくめた。今さら恥ずかしがることもないでしょう。「セクシーで大胆な気分にさせたから。彼は決してそんな気分にさせてくれなかった。最後に会いに行った日、もともと男嫌いなんだろうと言われたわ」

ザヒドは腹立たしげに吐息をもらし、天井を見つめた。フランチェスカを傷つけた男に毒づき、自分自身の熱い衝動をも呪《のろ》った。なんて人生はやっかいなんだ。これまで経験したうちで最高のセックスの相手が幼なじみだなんて。しかも、彼女は無駄にぼくにバージンを捧《ささ》げ、さらなる責任を負わせた。

「ぼくがどういう立場の人間か知っているだろう、フランチェスカ」ザヒドは怒りのこもった声で言った。「国王として、バージンの女性と結婚することになっている。ただし、同じ文化を持つ女性でなくてはならない」彼は誤解されないよう、急いでつけ加えた。「外国人ではだめなんだ」

ザヒドが天井を見つめていてくれてよかった、とフランキーは思った。そうでなければ傷ついた表情が浮かぶのを見られてしまっただろう。バージンを捧げた相手だというだけで、わたしが結婚したがっているとでも思っているのかしら？　それとも、このことを黙っていたのは、自分を有利な立場に置くためだと疑っているの？

フランキーは心を落ち着けて考えた。今、起こったことをどうしてザヒドが後ろめたく思わなくちゃいけないの？　ある意味では、わたしが仕向けたことなのに。初めてだということを黙っていたのは、ザヒドを何よりも欲しかったから。ザヒドに官能の世界を教えてもらいたかったから。それに、彼を好きだからそうしたのよ。それだけ。それは後悔するのではなく、祝うべきことじゃないかしら。

やわらかなカシミヤの下でフランキーが伸びをすると、ザヒドがけげんそうに振り向いた。彼女はおずおずと笑みを浮かべてみせた。

「わたし、このことで争いたくないの」フランキーはそっと言い、手を伸ばしてザヒドの顎に触れた。ざらざらしたひげが感じられる。親指で唇をなぞると、彼はその指をくわえて軽く噛《か》んだ。

「ぼくもだ」ザヒドはうなるように言った。

「だったら……今、起こったことを忘れない？」

「どうかしてるんじゃないか？」ザヒドは体の向きを変え、またもや興奮してきた体にフランキーを引き寄せてからため息をついた。「いや、きみは経験がないからな。ある意味では、スタートが最高だったのは気の毒だ」

「どんな恋人もあなたにはかなわないと言いたいの？」

ザヒドが言いたかったのは、まったくそんなことではなかった。セックスがこれほどすばらしいことはめったにないと言いたかったのだ。とりわけ、最初のときは。どうしてだろうと考えて、あわててその思いを追いやった。なぜ、とか、なんのために、と考えてはいけない。事実だけを見なくては。そして、自分が愛らしいバージンのフランチェスカと愛を交わし、もう一度そうしたいと思っていることが事実だ。

「だろうね」ザヒドは率直に答えた。

「まあ、なんて傲慢《ごうまん》なの――」

ザヒドは唇で唇をふさいで彼女を黙らせ、真顔で言った。「傲慢が真実であることもあるんだ」

ザヒドにこんなふうに言われたら抵抗できる？

こんなふうに黒々とした目で見つめられたら……。

「ああ、ザヒド……」

「ザヒド、それからなんだい？」

フランキーは首を振り、困ったように肩をすくめたので、毛布が滑り落ちた。「わからないわ」

彼にもわからなかった。ザヒドの頭を占めているのは、フランチェスカの温かくやわらかな胸と、心をそそる女らしい香りのことだけだった。唇を彼女の肩に這《は》わせ、彼を誘惑してやまない腿のあいだに指を滑り込ませる。このすばらしい経験をやっかいな質問で台なしにする必要はない。考えるのはあとでいい。

ゆっくりと唇を重ねながら、ザヒドは低くうめき声をもらした。彼のキスは二人が激しく求め合う思い以外のすべてを消し去った。

11

フランキーのおなかを撫《な》でていた指が不意にとまり、彼女は歓《よろこ》びと抗議のないまぜになったせつなげな声をもらした。

「それ、いいわ」フランキーはささやいた。

「わかっているよ。よすぎるくらいだ」ザヒドは腕時計をちらりと見て、競馬場を出てからすでに二時間たっていることに気づいて愕然《がくぜん》としたのだった。フランキーの魅惑的な体を探索して過ごしたこの二時間は、彼の忙しいスケジュールに組み込まれていなかった。ザヒドは毛布を押しやり、心をそそる彼女の温かい腕の中から出て、なんとかベッドを離れた。これまで経験がなかった女性にしては、フランキーはとてもセックスに貪欲《どんよく》だった。彼女がこれほど豊かな想像力を発揮するとは思ってもみなかった。

「もうベッドでのんびりしていられないんだ、フランチェスカ。ボディガードはぼくが何をしているんだろうと思い始めているよ」

　ザヒドは唇を引き結んだ。実のところ、ボディガードはぼくが何をしているのか、ちゃんとわかっているだろう。それはぼくの愚かな過失だ。フランチェスカを秘密の家に連れてきて愛を交わしていたことで、あらゆるルールを破ってしまった。

「ザヒド――」

「今はだめだ。服を着て帰らなくては」乱暴にザヒドはフランキーの言葉をさえぎった。また彼女がため息まじりの甘い声をもらすのではないかと怖かったのだ。そんな声を耳にしたら、また彼女の熱く引き締まった体を探索することになる。ザヒドはベッドに横たわっているフランキーを見下ろした。黒髪が肩のまわりに広がり、なめらかな腿はしどけなく開いている。彼はうめき声をもらし、突き上げてきた欲望を抑えつけてあとずさった。「ぼくを誘惑するのをやめてくれないか？」

「わたしは何もしていないわ」

　何もしなくても、きみはこれまでになかったほどぼくを興奮させるんだ、と説明している時間はなかった。そもそも自分自身にもよく理解できない状況を説明できるはずがない。「残念ながら、シャワーを浴びるのは宮殿に帰ってからのほうがよさそうだ。きみが我慢できるなら」いきなり濡《ぬ》れた髪と紅潮した顔で現れたら、『カヤーザフ・タイムズ』の全面広告に使われるだろう。「フランチェスカ、お願いだから起きてくれないか？」

　しぶしぶフランキーは言われたとおりにし、生まれたときから知っている男性の前で一糸まとわぬ姿でいることを強く意識した。こういう状況で服を着ることが奇妙に感じられる。さらに奇妙なのは、背中を向けてあわただしくローブを身につけているザヒドを見ることだった。

バッグを拾い上げ、バスルームに行って、フランキーはできる限り身だしなみを整えた。寝室に戻ると、ザヒドがひどく暗い顔をしていたので、心臓が恐怖に縮み上がった。彼は恐ろしいことを言うつもりなのかしら？　人生最大の過ちを犯したとか。

「それで……これからどうするの？」フランキーは小さな声で尋ねた。

ため息をついて、ザヒドは首を振った。フランチェスカ以外の女性なら、簡単だったろう。キスをして、ロンドンに行ったらまた連絡すると言って追い払うことができた。そして、次の飛行機に乗せ、彼女のことはすっかり忘れてしまえばよかった。

しかし、相手がフランチェスカだという事実が状況をやっかいなものにしている。イギリスでのつらい経験を忘れさせるためにフランチェスカをこの国に連れてきたはずなのに、彼女を誘惑して、よけいやっかいな状況にしてしまうとは。さらに悪いことに、フランチェスカはぼくにバージンを捧《ささ》げた。バージンは女性が恋人に与えられる最高にすばらしい贈り物だ。それは彼女を執着させないだろうか？

たいしたことではないように思わせなければ。何も変える必要はないとフランチェスカに納得させなければ。二人の友情は今後も揺るがないと。「なんとか切り抜けられるだろう。慎重にふるまえば」

フランキーは彼を見た。ザヒドの顔に考え込むような表情がよぎる。「切り抜ける？」フランキーはきき返した。

ザヒドは洗ったばかりのほんのり上気した顔をじっと見つめ、彼女には率直になろうと決意した。

「ベッドをともにしたことで、ぼくたちは禁じられた一線を越えてしまったんだ」

唇をとがらせてフランキーはうなずいた。「それはわかっているわ」

「だから、きみにはすぐにイギリスに帰ってもらわなければならない。ぼくたち二人のために」フランチェスカが必死に気持ちを抑えようとしている様子を目の当たりにして、ザヒドは自分もそういう表情をしているのだろうかと思った。ぼくがそうしたくないことをフランチェスカは感じ取っただろうか？

「ただ、ぼくはきみを帰したくないんだ」

新たな希望がフランキーの声ににじんだ。「そうなの？」

「ああ。計画どおり、父の日記をタイプしてほしいと思っている」ザヒドは大きく息を吸った。「それに、これからもきみを抱きたい」

「本当に？」

「もちろん」二人の視線が絡み合った。フランキーの頬がピンクに染まるのを見て、ザヒドはまたしても欲望が突き上げてくるのを感じた。「もう少しお互いに楽しまないなんて、どうかしていると思わないか？」

フランキーの鼓動が速くなった。ザヒドの言うとおりだわ。でも、こんなに冷たい言い方をしないでくれたらよかったのに。ただ抱き締めてキスをしながら、わたしと離れてはいられないと言うわけにはいかなかったのかしら？ まるで会議の議題について話すみたいな言い方ではなく。

「どうかしているかもしれないわね」フランキーはつぶやいた。「でも、ときにはばかなまねをしてみるのも悪くないんじゃないかしら」

低いうめき声をもらし、ザヒドは彼女を抱き寄せた。何日も口づけをおあずけになっていたかのように、むさぼるように唇を重ねる。フランキーのやわらかな胸が押しつけられると、鼓動が速くなり、欲望が熱くたぎるのが感じられた。「いつも慎重に行動しなくてはね。宮殿のスタッフはみんな目ざといから」彼はそっと警告した。「みんなにぼくたちの関係をひけらかしたりしてはだめだ。それは彼らに対して失礼だからね」

それじゃ、わたしに対してはどうなの？　ザヒドが唇を髪に押し当てるのを感じながら、フランキーは絶望を噛《か》み締めた。使用人の気持ちのほうが、わたしの気持ちよりも優先されるの？

しかし、どうにもならないことを願って貴重な時間を無駄にしてはならないことを、フランキーは承知していた。与えられたものを楽しみ、ザヒドの率直さを評価しなくては。ザヒドはこの情事をおとぎばなしにするつもりはないのだ。少なくとも彼は嘘《うそ》をついていない。それはわたしに対する敬意の表れなのでは？

「さあ」最後に名残惜しげにキスをして、ザヒドは言った。「もう行かないと」

彼がボタンを押すと、ブラインドが巻き上がった。フランキーはまばたきした。とびきりのまばゆさは、日ざしが水に反射しているせいだ。窓辺に歩み寄り、フランキーは外をのぞいた。遠くに水のきらめきと、思いがけないほど濃い緑の茂みが見えた。

「あれは川なの？」彼女は驚いて尋ねた。

ザヒドは隣に立ち、フランキーの腰に手をまわした。「そのとおりだ。ジャマリ川と呼ばれている。〝銀色の真珠〟という意味だよ。きみは砂漠の国にはまったく水がないと思っていたのかい？」

「そういう既成概念にとらわれないようにするわ」フランキーは地理の授業を思い出そうとしながら言った。「水源は国の外なの？」

「当たり。隣の国から流れ込んでいる川だ」

「あの川をめぐって戦争をしたの？」

「またもや当たりだ。どうしてわかったんだい、フランチェスカ？」

「もちろん、父が話してくれたのよ。父はカヤーザフの歴史にとても興味を持っていたから」

「それをきみはすべて覚えていたんだね？」

「ほとんどね」家を出て車に乗り込みながらフランキーはひそかにほほ笑んだ。もちろん、すべて覚えているわ。ほかの女の子たちがバービー人形を集めるように、夢中でザヒドに関する情報を集めていた。あこがれのシークの国について知ると、いつも胸がときめいた。「わたしはとっても記憶力があるの」フランキーは澄まして答えた。

ザヒドはちらりと彼女を見た。「いろいろな意味で、きみには驚かされるよ」

「それはほめ言葉みたいに聞こえるけど」

「そのとおりだからさ」

ザヒドがエンジンをかけたとき、フランキーの顔は喜びに輝いていた。今までこれほど幸せだと感じたことはなかった。セックスのあとのけだるい満足感に浸っていると、二人の関係に期待や夢を持たないようにとザヒドに警告されたことを忘れそうだった。

帰る途中、ザヒドは歴史的な建造物や土地を指さして教えてくれた。彼の語る先祖の戦いの話にうっとりと耳を傾けているうちに血のように赤い太陽が砂漠に沈んでいった。

宮殿に着くと、ザヒドの態度が微妙に変わった。背後で金色の門が閉まるやいなや、彼は恋人から国王へと変わった。彼の表情はよそよそしく、車の中でフランキーが感じていた親密さはきれいさっぱり消えた。別れるときには、つかの間の触れ合いも、愛情のこもった甘い言葉もなかった。彼の口調はきびきびしていて事務的だった。

「これから側近たちと会議があるんだ。きみは暑い午後を過ごしたから、少し休むといい。ディナーの前に、日記と作業をする部屋を見せるよ。明日から始められるようにね。それでいいかな？」

「けっこうです」彼の口調の堅苦しさに気づいて、フランキーもぎこちなく答えた。

それで終わりだった。ザヒドは二人の親密さをにおわせるまなざしや微笑も残さずに立ち去った。ほんの二時間前には彼の腕に抱かれ、愛の行為という新しい経験をしていたなんて信じられない。まるで赤の他人のように背を向けるなんて。

ザヒドが歩き去るのを見送っていると、あたかもそれが合図だったようにファイルーズが現れた。たぶん、そうなのだろう。シークの車が宮殿の前庭に入ってきたとたん、宮殿の機能のスイッチが入るのだ。

ともあれ、ディナーのために念入りに身支度をする時間は充分ある。ファイルーズをさがらせてから、フランキーはクロゼットにずらりとかけられたシルクの服を眺めた。ザヒドはどう言っていたかしら？ キスをして、わたしを欲望にわななかせたときに。〝きみの瞳は見たこともないほど美しいブルーだ。ラピスラズリの貴重なモザイクよりも深いブルーだ〟だったかしら？

ザヒドの言葉を思い出し、フランキーは深いサファイアブルーのチュニックとパンツを選んだ。髪はねじり上げて頭のてっぺんでまとめた。

ファイルーズがディナーの一時間前に迎えに来て、ザヒドが待っている古めかしい書斎に案内してくれた。繊細な金箔《きんぱく》張りの部屋で、見たこともないほど美しい本がずらりと並んでいる。

フランキーが入っていくと、ザヒドの黒い目は冷静だったが、口元には確かにかすかな笑みが浮かんでいた。フランキーは男女のことには疎かったが、ザヒドが彼女の装いを称賛していることはわかった。フランキーは彼の前に立ち、ファイルーズがいなくなったら、腕に抱き締めて、すてきだよとささやいてくれるかしら、と期待した。だが、ザヒドの表情は硬いままで、フランキーは不安になった。

けれども、つのっていく不安は、近くのテーブルに置かれた象眼細工の箱から革表紙のノートの束が取り出されたとたんに消えてしまった。

ノートのページはいくぶん乾燥していたが、保存状態はよく、流れるような筆跡は、ありがたいことにとても読みやすかった。フランキーはぱらぱらとページを繰りながら、父もこれを見たかったに違いない、と思った。

数分して、フランキーがはっとわれに返って顔を上げると、ザヒドが黒い目に好奇心をたたえて彼女を見つめていた。

「それが気に入ったようだね」彼は言った。

「ええ。仕事を始めるのが待ちきれないわ」

実際、フランキーは今すぐにでもザヒドの父親の日記を手にテーブルに座り、最初から最後まで読み通したいと思っているように見えた。読み物に熱中するあまり無視されたのは、ザヒドにとって初めての経験だった。

「おなかはすいていないのか、フランチェスカ？」

フランキーは日記から目を上げて、まばたきした。

「おなか？　ええ、もちろんすいているわ」

「それなら、父の日記に没頭する前に、ぼくと食事をしたほうがいいな」フランキーがしぶしぶ日記を閉じるのを見て、ザヒドは彼女にからかうような視線を向けた。「朝いちばんでタイプを始められるよ。行こう、まずは食事だ」

大理石の廊下を並んで歩きながら、フランキーは非現実感を味わっていた。相手がザヒドでなければ、二人は手をつなぎ、指を絡ませて歩いていただろう。今は彼の体を隅々まで知っているのに、宮殿に帰ってきてからは彼に一度も触れていない。

けれども、ゆうべのように二人は同じダイニングルームで食事をした。少なくとも、それによってフランキーは家族のような安らぎを感じた。運ばれてきた異国的な料理の皿に少しずつ手をつけたが、味はよくわからなかった。向かいにザヒドが座っていて、彼に抱かれたときのことばかり思い返しているときには、とうてい無理な話だ。ザヒドも同じなのかしら？　それとも、彼の前には次々に新しい女性が現れて、終わった情事はすぐに忘れられてしまうの？

「ずいぶんおとなしいね、フランチェスカ」

質問というより意見だったので、彼女は肩をすくめた。「そうかしら？」

「カヤーザフでは、何を考えているのかと尋ねるときにこういう言いまわしがあるんだ。〝あなたの考えていることを教えてくれたら、アーモンドをあげよう〟」

「イギリスでは〝考えていることを教えてくれたら一ペニー払う〟というの。あなたの国の表現のほうが詩的ね」

「きみはアーモンドが好きかい？」

「大好きよ」

「それで？」問いかけるようにザヒドが彼女を見る。

「カトヤって誰なの？」いきなりフランキーは尋ねた。

ザヒドの目が鋭くなった。「カトヤ？」

胸の奥に押し込めていた疑問が口をついて出た。

「このあいだロンドンのホテルに電話をしてきた女性よ。わたしを鼻であしらった人」

ザヒドは眉をひそめた。カトヤはきみには関係ないと言いたかったが、フランキーが唇を噛んでいる様子に気持ちがほだされた。それに、何を考えているのかと尋ねたのは彼のほうだった。「ただの女性だ」

ただの女性？　フランキーはどうにか気持ちが顔

に出ないようにしながら、わたしもただの女性の一人なのかしら、と思った。いつかザヒドに電話すると、取り次いでもらえなくなってしまうの？　そのときザヒドの関心の的になっている自信たっぷりの女性に断られるのかしら。将来の自分の姿が目に浮かび、心が重く沈んだ。「どんな女性であれ、そんなふうに言われたくないと思うわ」

「わかったよ。あまり如才ない表現じゃなかったな。彼女はぼくが関係を持ったロシア人のモデルだ。これでいいかい？」

　フランキーは自分の口からつい出てしまった愚かな質問がいまいましかった。「その人は……とてもきれいなの？」

　ザヒドはきわめて女性的な反応に口元をゆるめた。「いや、アダックスみたいに不細工だ」彼はフランキーの唇が震えるのを見て声を低めた。「彼女はモデルなんだ。確かにきれいだよ。でも、終わったことだ。彼女との関係はとうに終わったんだ、ぼくが国王になったときに。それにしても、どうして今ごろになってそんなことをきくんだ？　つまらない嫉《しっ》妬《と》ですばしい情事を台なしにするつもりかい？」

　フランキーは嫉妬の鋭い爪が胸をかきむしるのを無視しようとしながら、かぶりを振った。だが、ザヒドはただ真実を口にしただけなのに、嫉妬に続いて呆然《ぼうぜん》とするような恐怖に襲われた。これはただの情事なのね。それだけなのね。最初から彼がそう言っていたのだから、わかっていたはずなのに。この関係にもっと多くを求めたら、失望するばかりか、すでに手に入れているものまで台なしにしてしまうだろうと。彼女はどうにか微笑を浮かべると、本物の笑顔らしく見えるように祈った。「いいえ、もちろん、そんなつもりはないわ」

「よかった。それを聞いてうれしいよ」

　そこでフランキーは嫉妬深い恋人ではなく、礼儀正しい客の役を演じることにして、彼に東部の山地とそこに棲《す》んでいるという伝説の豹《ひょう》について尋ねた。やがて甘く濃いコーヒーが入った小さなカップが運ばれてくると、フランキーは首をかしげて彼を見た。

「ねえ、ザヒド？」

「うん？」

「アダックスってなんなの？」

「砂漠の羚羊《れいよう》だよ。曲がった角があって醜いことで有名なんだ」ザヒドは不意にくつろいだ気分になってほほ笑んだ。フランキーのユーモアのセンスと頭の回転の速さは刺激的だ。ただし、やわらかな胸のほうがもっと刺激的だが。「ベッドに行くんだ、フランチェスカ」ザヒドは命じ、低いせっぱ詰まった声でつけ加えた。「月が昇ったらすぐにぼくもきみのところに行くよ」

12

寝室の鎧戸《よろいど》の隙間《すきま》からやわらかな夜明けの光が忍び込んできて、フランキーはくしゃくしゃのシーツの下でもの憂げに身じろぎした。両脚の上にシークのたくましい腿がのっている。「行かないで」彼女はつぶやいた。それは朝の儀式になったように思える言葉だった。

「行かなくてはならないんだ」ザヒドの声は残念そうだったが、断固としていた。「ぼくにこれ以上つらい思いをさせないでくれ」

「でも、あなたはこうするのが好きだから……」フランキーの指先はザヒドの腹部を滑り下り、明らかな欲望のあかしにたどり着いた。

「悪い子だ」ザヒドは低くうめくと、フランキーの肩に唇を押し当てた。「これ以上ここにいたら、使用人が起きてくる。そして、きみの部屋から出てくるところを見られたら……」

ザヒドは言葉を切ったが、まだフランキーの温かい腕の中から抜け出せずにいた。彼を愛撫《あいぶ》する手からも。どう説明をつけたらいいのだろう？ この三週間、フランキーと毎晩ベッドをともにしているのは、決まった女性との関係を嫌っていた彼にとって、奇妙なほどの執着だった。それにいつだったか弟に言わなかっただろうか？ 同じ女性と二晩続けて食事をするのは退屈だ、と。するとタリクは、奇妙な笑みを浮かべて同意したんじゃなかったのか？

フランキーは唇を噛《か》んだ。「使用人に見られたら、この世の終わりなの？」

「当然、そうだよ。しかし、もっと重要なのは、きみの評判が台なしになるということだ。ぼくはそんな結果になるのを望んでいない」

フランキーは息を吸い込んだ。「それじゃ、わたしが自分の評判なんて気にしないと言ったら？」

「いや、気にするべきだ」フランキーの言葉にあと押しされたかのようにベッドを出ると、ザヒドはてきぱきとローブを身につけ始めた。「きみの名前はわが国で尊敬されている。それを変えたくないんだ、フランチェスカ。きみがぼくとベッドをともにしているという噂《うわさ》が流れたら、その名前を汚すことになる」

フランキーはザヒドの黒い目に浮かぶ決意を認めてうなずいた。反論しても無駄だ。「あなたがそう言うなら」フランキーがあくびまじりに言うと、ザヒドはベッドにかがみ込んでシーツをかけてくれた。

「そうとも。さあ、もう一度眠って。またあとで会おう」

短い微笑を浮かべ、ザヒドは立ち去った。フランキーはしばらくうとうとし、起きる時間になると書斎に向かった。

　ここはなぜか落ち着ける仕事場だった。デスクに飾られた薔薇《ばら》の香りが部屋に漂い、窓の大半は鎧戸が下ろされ、戸外のまばゆい陽光を締め出している。毎朝、膨大な蔵書が並ぶこの部屋に入っていくたびに、フランキーは心から安らぎを感じた。

　いつものように朝食は宮殿の庭園を見晴らすテーブルに並べられていた。ミントティー、冷やしたオレンジ、カヤーザフの人々が好んで食べる、とても甘いペストリーの数々。

　少し食べてからデスクに行き、象眼細工の箱から日記の一冊を取り出した。箱は何百年も前の見事な品だったが、宮殿の大半のものが美しい古美術品だったので、もはや驚嘆することはなかった。驚くべきなのは、フランキーがこうした生活にすぐに溶け込んでしまったことだ。砂漠の国の生活におじけづくこともなく、フランキーはまるで生まれたときからここで暮らしているかのように、すぐにカヤーザフの生活に慣れた。

　値段がつけられないほど貴重なアンティークに囲まれていることも、フランキーをひるませなかった。宮殿の部屋や廊下にいつも潜んでいるように思える、もの静かな使用人たちの存在にも。フランキーはたちまち贅沢《ぜいたく》と快適な暮らしを受け入れ、ザヒドが国王としての職務を果たしているあいだ、見事に手入れされた庭園で長い散歩を楽しんだ。

　昼間、ほとんど一人で過ごしていても、夜はたいていザヒドと一緒に食事をしたので、寂しさを埋め合わせることができた。そのあと二人でトランプをすることもあった。はるか昔のように。ただし、今のザヒドはわざと負けることはないので、フランキーはかなり本気にならなければ勝てない。けれども、二人のあいだに肉体的な磁力がびりびりするほど存在しているときは、勝負事に集中するのはむずかしかった。

ときには、ザヒドが華やかな会合に出席しなくてはならない夜もあった。そんな夜、フランキーは比較的こぢんまりした部屋のソファに丸くなって、カヤーザフの歴史について書かれた本を読んで過ごした。

「一人で留守番するのはいやじゃないか？」ある晩、少しくすんだ銀色のローブに身を包んだザヒドが、彼女のいる部屋まで来て尋ねたことがあった。

もちろんいやだったが、文句を言ってもどうにもならない。フランキーはかぶりを振った。我慢する以外にどんな選択肢があるだろう？　ザヒドが正式な会合に外国人女性を連れて出席することはありえないのだ。「ちっとも。一人で過ごすのは慣れているから」すると、ザヒドはうれしそうにうなずいた。彼女の答えに満足したのだ。

けれど、夜更けになると話は違った。星の瞬くカヤーザフの空高く月が昇るころ、ザヒドはフランキーの部屋にやってきて、暖かくかぐわしい闇《やみ》の中で彼女を抱くのだ。フランキーは胸をどきどきさせながら、じっと彼を待つ。一糸まとわぬ姿でエジプト綿のシーツにくるまり、ローブの裾《すそ》が大理石の床をかすめる音に耳をそばだてる。やがて、ザヒドが彼女のベッドに忍び込んでくる。硬く男らしい体は熱くほてり、欲望をみなぎらせ、情熱に駆り立てられたキスが果てしなく続く。二人が疲れ果てるまで、ザヒドはひと晩じゅう愛を交わした。そして、やわらかな夜明けの光が空を淡い杏《あんず》色に染め始めると、ようやく帰っていくのだった。

残されたフランキーはまたうとうとと眠りに引き込まれ、朝になって重いまぶたを開けると、すべては夢だったのかもしれないと思うこともあった。

日記をタイプする仕事があるのはありがたかった。

宮殿にいる正当な理由があることで目的意識が生まれ、情事が終わったときのことを考えずにすんだ。ザヒドと別れるのはあまりにもつらすぎて、考えることもできなかった。想像すらできなかった。彼に愛されたときのこと、彼の巧みな舌が腿を這《は》い上がっていくときのこと、その甘美な記憶をただ思い返しているほうがずっとよかった。

官能的な記憶がよみがえり、フランキーは目を閉じた。愛の行為の記憶にはいつも圧倒されるが、その一方で何かが起こっていることにも気づいていた。心の底で危険な、望ましくないものが芽生え始めていることに。肉体的に目覚めるとともに、フランキーは精悍《せいかん》な国王に恋をしてしまったのだ。ずっと感じていた友情はもっと大きな、もっと強い感情に成長していた。

わたしはザヒドを愛しているんだわ。

それを知ったら、ザヒドはぞっとするかしら？

フランキーはデスクに広げた日記に視線を落としたが、言葉が一つも頭に入らなかった。もちろん、彼はぞっとするわ。彼にとって愛はこれまでも、これからもありえないのだから。ザヒドはそのことをはっきりと口にしていた。これはセックスだけの関係だと。確かにすばらしいセックスだけれど、それ以上のものではないと。

「ぼんやり白昼夢にふけってもらうために給料を支払っているんじゃないよ」

からかうような声にはっとわれに返り、フランキーは書斎に入ってきたザヒドに視線を向けた。

「つい白昼夢にふけってしまうときもあるのよ」彼女は穏やかに言い返した。

「どんな？」

あなたがわたしを抱いて、奥深く体を沈めてくるのを。終わったときにキスしてくれるのを。あなたのそばに永遠にいたいとどんなに望んでいるかを思わずにはいられないの。でも、それを口に出すのは禁じられている。車の運転が禁じられ、公の場で愛情を示し合うことが禁じられているように。そして、ベッドをともにしていることを知られるのが禁じられているように。フランキーはなんとか理性をかき集め、開いた革製の日記帳を示した。「お父さまの日記について。とても魅惑的な記録なの」

「中身の点で？　それとも全体として？」

「両方よ。日記は自伝よりも面白いと思わない？　さらに個人的な記録だから」

ザヒドはうなずいた。「誰かの人生を垣間見る感じだね。それに、その人の考えていることも」

「ええ、そうね」フランキーはこの日記がこれまで家族以外の人間の目に触れることがなかった理由が理解できた。ここまで個人の内面に立ち入るのはつらく、困難なことだ。「これまで知っていたことを違う目で見るようになったわ。たとえば、あなたたちにとって戦争がとてもつらいものだったということが理解できたし」フランキーはそこでためらった。禁じられた話題かもしれないと思ったのだ。たぶんそうだろう。そのことが二人のあいだで話題になったことは一度もないから。「それに、お母さまが病気になったときのことも」

ザヒドは避けられないことだと悟って顔をこわばらせた。父親の日記を彼女に見せる以上、これまで心の奥に秘めていたことを打ち明けなければならないと覚悟したはずだ。ただ、感情を表に出さない人間にとって、誰かが自分の人生の裏側にまで立ち入り、禁断の場所をのぞくかと思うと落ち着かなかった。しかし、相手はフランチェスカだ。誰よりもぼくをよく知っている彼女になら、ほかの人には絶対に言わないようなことも話せる。

「確かに大変だった。とりわけ、父がいろいろなことを同時にこなせなくなったのでね。母の病気だけではなく、父は長年にわたる戦争のあとで伯父が国を復興する手伝いをしていたんだ。だから、幼い二人の息子のために割く時間はほとんどなかった。それもあって、ぼくとタリクはイギリスの寄宿学校で教育を受けたんだ。そのせいで、ぼくたちは故国とまったく異なる生活様式を好むようになった。もちろん、タリクのほうが小さかったから、もっとつらかったろう。弟は……母のことをほとんど覚えていないんだ」

ザヒドがこれほど率直に話をしてくれたことはなかったので、フランキーはさらに話を促すことをためらった。もしかしたらザヒドはいつものように心を閉ざしてしまうかもしれない。だが、どうしても知りたいという思いのほうが、普段の慎重さより勝っていた。「とてもショックが大きかったでしょうね、伯父さまが亡くなったときは」

しばし沈黙が広がった。ザヒドにそのことについて尋ねた人間は、これまで一人もいなかった。彼の気持ちが話題にされたことはなかった。彼が王位を継承するのは当然のことだったからだ。それに、当時感じたことを口にしたら、弱さの表れと思われたのではないだろうか？

「まさに青天の霹靂《へきれき》だった。しかも、第一位の王位継承者だった伯父の息子も一緒に亡くなったのはもっとショックだった。二人は一緒に旅をしてはいけなかったんだ。普段はそれを守っていたが、あのときは山岳地帯で日が暮れかけていて、乗れる飛行機は一便しかなかったので、同じ便に乗る決断をした。その瞬間、二人の運命は定まったんだ」

地面に散らばった飛行機の残骸《ざんがい》を思い出して、ザヒドの表情が暗くなった。父親が少し前に亡くなっていたので、ザヒドが二人の死に対応しなくてはならなかった。それに続いて、国王となるための戴冠《たいかん》式に臨んだ。ザヒドは国王になどなりたくなかった。

だが時間がたつにつれ、最初はいやだった役割が身についてきた。それは厳しい制限がある役割だった。決して忘れてはならない制限が。

「本当にお気の毒に」

その言葉にザヒドはもの思いから覚めて現実に引き戻され、フランキーを見た。衝撃とともに、現在のふるまいがいかに国王らしくないかを認識した。ぼくは幼なじみを愛人にし、ときどき彼女の評判を気遣う発言をしている。でも、自分自身の評判はどうなるんだ？

宮殿の中で西洋の女性とベッドをともにしていると知ったら、国民は愕然《がくぜん》とするだろう。それに、カヤーザフの人々が大切にしてきた価値観を踏みにじっているのに、自分は国家の道徳観念の守護者と言えるのだろうか？

ザヒドの視線はフランキーの顔に吸い寄せられた。淡い薔薇色の頬、砂漠の空よりも青い目。彼女が毎晩、どんなに魅惑的に両腕を開げて自分を迎えてくれるか、どんなに熱く自分を受け入れるかが思い出される。ザヒドが教えた体の歓《よろこ》びに彼女は夢中になっている。ザヒドはこの関係をこのまま続けたかった。どうしても。

しかし、それはずるい考えだ。彼女に対しても、国民に対しても。タリクと違って、ザヒドはギャンブラーではなかったが、二人がこのまま愛人同士でいた場合に、いずれその関係が発覚する確率が高いことは計算できた。そうしたら、どうなる？

ザヒドは唇を引き結んだ。フランチェスカと話し合わなくてはならない。ベッドの中ではないところで。ベッドでは彼女の魅惑的な体に決意が揺らいでしまう。この書斎でもだめだ。そこらじゅうにいる使用人が、言葉はわからなくても、二人のボディランゲージを読み取ってしまうかもしれない。どこか宮殿から離れた場所で、フランチェスカにきちんと話をしなければ。

「今日、ぼくのスケジュールはほぼ空いているから、たまっている書類を整理しようと思っていたんだが、せっかくだから調理場にピクニックの用意をさせて、外でランチを食べよう。どこか静かな場所で。どうかな、フランチェスカ?」

思いがけない招待にびっくりしたが、フランキーは興奮がわき上がるのを感じた。「ぜひそうしたいわ」

「よかった。じゃ、話は決まりだ。そこでは二人きりになれる」

「つまり……ボディガードは一緒に来ないの?」

「離れた場所にいてもらうよ。それじゃ、ぼくは手配をしてくる」

二人は正午ちょっと前にザヒドの大きなジープで出発し、砂漠を疾走していた。フランキーはあまりにわくわくしていたので、どこへ向かっているのかさえ気にとめていなかった。ザヒドは東部の山岳地帯のふもとを目指していると言った。かつてフランキーの父が、そこは地上でもっとも美しい場所だと話してくれたところだ。そういう場所では本物の安らぎを味わえると。しかし、精悍な鷹《たか》を思わせるシークの横顔を見たとき、フランキーは安らぎなどとうてい感じられない気がした。

そうしているあいだにも興奮はどんどん高まっていく。その理由はすぐにはわからなかった。

初めてありふれたことをしているせいかしら? 本物のカップルみたいに。そうすることで、わたしに対するザヒドの態度に新たな突破口を開くきっかけになるかしら?

「あそこに見えるのが偉大なヌフ山だ」風景を占めている巨大な山に向かって車を走らせながら、ザヒドは言った。「山の影と、頂上から流れてくる水のおかげで、ふもとの土地が肥沃《ひよく》になっているんだ。

日没には山頂が薄紫色に染まり、鷹が暖かい風に乗って空高く飛んでいる」

「ああ、本当にきれい」

これからしようとしていることを思うと、ザヒドはフランキーの感嘆ぶりに胸が痛んだ。彼は車をとめ、彼女のほうを向いた。「よし、食べ物と飲み物を持って、岩陰に座ろう。喉が渇いただろう」

確かに喉はからからだった。ザヒドがピクニックバスケットから取り出して銀製のカップについでくれた冷たいメロンジュースに、フランキーの渇きはすぐに癒《いや》された。ザヒドはごくごくとジュースを飲み、カップを置いた。それからフランキーの手からカップを取ると、その両手を自分の手で包み込んだ。

「話したいことがある」ザヒドは言った。

その口調にフランキーは胸騒ぎがした。「不吉な予感がするわ」冗談を言ったが、背筋を不穏な震えが走っていた。

「そうかい？」

「ええ」ザヒドの顔から表情が消えるのを見て、フランキーの不安はつのった。「どうして今日、わたしをここに連れてきたの、ザヒド？」

指先で彼女の手のひらに小さく円を描いていたザヒドが顔を上げた。「今後のことについて話し合う必要があるからだ」

希望と恐怖が同時に胸にわき上がるのを感じながら、フランキーはじっと彼の黒い瞳を見つめた。

「今後の……どういうことについて？」

「何もかも計画していたとおりにはならなかった。ぼくはきみを愛人にするつもりはまったくなかったんだ。きみの魅力に抵抗できると思う、とイギリスで言っただろう。だが今思えば、自分の意志の力を愚かにも過信していたんだ」

ベッドの中ではお互いを知り尽くしているのに、面と向かってそう言われて、フランキーは頬を染めた。「そうね」

「もちろん、きみがバージンだと告白していれば、抵抗したと思う」一瞬の間を置いてザヒドは続けた。「だが、きみは黙っていた」

「ええ」フランキーは唇を噛んだ。彼の口調には明らかに非難が聞き取れたからだ。「ええ、言わなかったわ」

「そして、いったんきみをぼくのものにしたら、もう手遅れだった。そのときには、ぼくはすでに誘惑されていたんだ」

　フランキーはどう答えたらいいのかわからずにザヒドを見た。それはお世辞なの？　それとも自慢？

「誘惑された？」彼女はきき返した。

「その言葉は気に入らない？　夢中になった、のほうがいいかな？」

　フランキーはうなずいたが、この話がどこに向かうのかさっぱりわからなかった。「たぶん」

　ザヒドは短い笑い声をあげた。フランチェスカはすがすがしいほど正直だ。それに、すばらしく美しい。間もなく、フランチェスカのかぐわしい体は、夜ごと彼のシーツを飾ることはなくなるだろう。ほかの女性だったら、さっさと何も言わずに追い払った。しかし、フランチェスカには真実を知る権利がある。「たぶん、きみを愛していると言ってほしいんだろうね？」ザヒドは静かに尋ねた。「きみがぼくを愛しているように」

　フランキーは胸がぎゅっと締めつけられるのを感じた。愛という言葉は、絶対にそんな疲れた声で口にされるものではない。しかも、彼の暗い表情に、フランキーは不吉な前兆を感じ取った。「それが真実じゃないなら、言ってほしくないわ」

「愛しているんだよ。いいかい、ぼくはきみを愛しているんだ」フランキーが何も言葉を発しなかったかのようにザヒドは続けた。

フランキーの唇はあまりに激しく震えていたので、とぎれとぎれの言葉が聞き取れないほどだった。「わたしを……あ、愛している？」

むっつりとザヒドはうなずいた。「ああ。残念ながらね。そして、きみを愛しているからこそ、ここからきみを遠ざけなくてはならないんだ」

13

重苦しい沈黙が立ちこめた。そのあいだ、フランキーの感情は猛スピードのジェットコースターに乗っているように上昇と下降を繰り返していた。「わたしを愛していると言ったのに、わたしを遠ざけるの？」彼女はささやくように尋ねた。

ザヒドはうなずいた。愛を認めるのがぼくにとってどれほど大変なことか、フランチェスカはわからないのだろうか？「そうするしかないんだ」

プライドを傷つけられたくなかったら、フランキーは彼を問い詰めるべきではなかった。でも、すべての未来がかかっているときに、プライドなんてどうでもいい。「理解できないわ」

「考えてみればわかるだろう、フランチェスカ。ここに長くいればいるほど、きみの評判が危険にさらされる可能性が大きくなるんだ。きみは気にしないと言ったけれど、ぼくは気にする。何より、ぼくたちは未来のない関係にどんどん深くはまっていく危険もある。ぼくはこの国の女性と結婚しなくてはいけないんだ」ザヒドは苦々しげに言った。「最初にそのことは伝えたが、結局こうなってしまった」ぼくが衝動に駆られて愚かなことをしたばかりに、こうして二人は今、その代償を払うことになったのだ。「ぼくは妻を……二人か、もしかしたら三人持たなくてはならないんだ」

「三人ですって？」フランキーは握られていた手をさっと引っ込めた。「妻を三人も？」

信じられないというように彼を見つめるブルーの目をザヒドは受けとめた。「法律では四人まで許されている。だが、実際には――」

「ザヒド、やめて！」フランキーはさえぎった。悲しみは怒りに変わっていた。「あなたがその法律とやらに従うから、わたしたちには未来がないなんて、よくも言えるわね。おまけに、サッカーチームができるくらいの妻をもらうつもりだなんて！」

妻の人数はそれより七人少ない、と今は指摘しないでおいたほうがいいだろう。ザヒドはまた手を伸ばしたが、フランキーは首を振り、一歩あとずさった。

「フランチェスカ――」

「さわらないで」フランキーは涙があふれそうになっていることに気づいたが、もうどうでもよかった。「どうしてわたしをここに連れてきたの？　わざわざ宮殿から離れた場所に。どうして宮殿で伝えるだけにしてくれなかったの？」

まさに今のような口論を誰かに聞かれたくなかったからだ。ザヒドはこんなふうに女性と言い争ったことがなかった。過去にはそこまで親密になった女性がいなかったからだ。それに、正直に言えば、ここに来ればキスやちょっとした愛撫《あいぶ》くらいはできると思ったからだろう。そのうえ、フランチェスカがイギリスで情事を続けることを承知してくれるかもしれない、と愚かで非現実な期待をいだいていたのだ。できるだけ頻繁にフランチェスカを訪ね、自分の不在を埋め合わせるかのようにたくさんの贈り物をして贅沢《ぜいたく》をさせる。そんな夢想が頭の片隅にあったのかもしれない。

しかし、ザヒドはそれができないことを悟った。フランチェスカが相手では無理だ。そんな行為は彼女のような女性をおとしめ、二人が分かち合ったものを汚すことにもなる。

「すまなかった」彼は謝った。

「いいえ、謝らないで」フランキーは語気を荒らげた。「わたしは犠牲者じゃないわ、ザヒド。だから宮殿に連れて帰ってもらえない？　そうしたら、すぐにイギリスに帰りたいわ」

ザヒドは体をこわばらせた。こんなに怒りのこもった要求を突きつけられることには慣れていなかった。しかし、彼女は怒って当然だ。ただ、こんなに気まずい別れ方をする必要はないんじゃないか？　この情事を始めたときと同じように、穏やかに終わらせることはできないのだろうか。愛の行為を満喫し、それに癒《いや》されて。

「もちろん、イギリスに帰れるよ。ぼくの専用機で送ろう。ただし、モロッコ経由で帰らなくちゃならないが」

不審そうにフランキーは尋ねた。「モロッコ？」

「そうだよ。ラファエル・デ・フェレッティというイタリア人の友人がいるんだ。昔からのね。この週末、マラケシュで彼と過ごす手配をしてあるんだ。彼はぼくたちを待っている。今夜出発しよう」

「わたしにはほかに選択肢はないの？」

「残念ながら」

ザヒドはピクニックバスケットを片づけ始めた。フランチェスカを驚かせるために、彼はエキゾチックなアフリカの都市への旅行をこっそり計画していたのだ。まだ二人の情事が問題なく続けられると思っていたときに。二人の関係が変化したことを認める前のことだ。

しかし、先週電話で話したイタリア人の友人のところに、女性を連れずに行くのはプライドが許さなかった。それに、フランチェスカも断らないだろう。ロマンチックなホテルの豪華なスイートルームに二人で泊まると知ったら。

宮殿への帰り道は、二人ともまったく口をきかなかった。車を降りると、フランキーは荷造りをするために真っすぐ自室に行った。ともかく、このばかげたチュニックとパンツをもう着なくてすむんだわ、と彼女は思った。そしてソファに腰を下ろし、唇を噛《か》んだ。

フランキーは実のところ、この肌ざわりのいいシルクのチュニックが気に入っていたのだ。体の線を隠すと、不思議なことに自由な気がした。ヒップが大きく見えないか、胸の谷間があらわになりすぎていないかと心配する必要がないのは大きなメリットだ。

フランキーが涙をこらえながら座り込んでいると、とまどった顔つきのファイルーズがやってきて、空港に行く車が待っていると告げた。彼女は心配そうにフランキーを見た。

「カヤーザフを離れるんですか？」

「イギリスに戻らなくちゃならないのよ、ファイルーズ」

「でも……」

少女の言葉はとぎれたが、何を悩んでいるのかと追及しないほうがいいとフランキーは思った。彼女には少女の葛藤《かっとう》がよくわかった。自分自身が、まったく同じつらい気持ちを味わっていたからだ。ファイルーズはわたしに帰ってほしくないのだろう。わたしだって本当は帰りたくない。でも、そうするしかないのよ。ずっと心に秘めていた夢がかない、ザヒドはわたしを愛していると言ってくれた。そのすばらしい告白が、わたしを王国から追放することになったのだ。国王をおとしめることなく、泣き崩れることもなく、ファイルーズに事情を説明できるわけがない。

フランキーはただファイルーズを抱き締め、さようならを言い、イギリスに帰ったら英語の辞書を送ると約束した。最後にもう一度部屋を見まわしてから車に乗るために外に出ると、ザヒドは助手席に座っていた。

ザヒドはフランキーにぞんざいな挨拶《あいさつ》をしただけで、空港までずっと運転手と話をしていた。そのことは意外ではなかったが、やはりフランキーは傷ついた。

贅沢な自家用ジェット機に乗り込んでからも、ザヒドは少し離れたテーブルで仕事をしていたので、わたしを週末のあいだずっと無視するつもりかしら、とフランキーは思った。イタリア人の友人にはどう紹介するつもりなのかしら？ 〝やあ、この人はフランチェスカだ。きみは自由に彼女と話していいよ。ぼくはしゃべるつもりはないが〟とでも？

モロッコの夜は暖かく、独特の香りが漂い、藍《あい》色の空には星が輝いていた。飛行機が着陸すると、すぐに二人はパスポートの検査窓口を通過した。フランキーがパスポートをしまってから顔を上げると、ザヒドが彼女を観察するように見つめていた。

「きみはモロッコは初めてなんだね？」

彼女はうなずいた。「ええ」

フランキーの引きつった悲しげな顔を見て、ザヒドはまた罪悪感を覚えた。ぼくのせいなのか？　婚約が解消になった傷を癒すために連れてきたのに、さらに傷つける結果になったのはぼくのせいだ。しかも、ぼくだって傷ついている。いまだかつて経験したことがないほど。「とても美しい街なんだ。朝になったら自分の目で確かめられるよ」

車が城壁に囲まれた古い街を走っているあいだ、フランキーは周囲の風景の美しさと、この旅が与えてくれる新しい経験のことだけを考えようとした。

二人が滞在するホテルは息をのむほどすばらしかった。マラケシュの中心部に位置し、メディナと呼ばれる活気にあふれる市場からもそれほど遠くない。ここは中東の富とあらゆる現代的な利便性が見事に融合したホテルだ。マッサージ室とサウナがあり、照明に照らされた中庭にはスイミングプールがあり、その水は月の光を浴びて金色とターコイズブルーにきらめいていた。

そして、巨大な低いベッドが置かれた、贅を尽くしたスイートルーム。

フランキーはそれが毒蛇の住処《すみか》でもあるかのように棒立ちになってベッドを見つめた。ザヒドが彼女のほうを向いた。

「初めて朝までずっと一緒にいられるよ」ザヒドはやさしく言った。

「そうね……でも、それはありえないわ」

「フランチェスカ――」

「わたしはお断りよ」そう言うしかなかった。どうなるかは目に見えている。ザヒドにキスされたら……こんな結果になったのに、彼がわたしの中に入ってくることを許したら……。「わたしはあそこのソファで眠るわ」

「そんな必要はない」

「いいえ、そうするわ。あなたのほうがずっと背が高いし、ベッドで寝たほうが楽でしょう」

「わかった」ザヒドの声は冷ややかで、よそよそしかった。「きみがそうしたいなら」

「そうしたいの」

それでも、ザヒドが眠っている夜更け、フランキーの胸の痛みはやわらがなかった。彼の精悍《せいかん》な顔は、腕を枕《まくら》にして眠っていると不思議なほど柔和に見えた。

翌日、ラファエルは婚約者を連れてホテルに到着した。だが眠れぬ夜を過ごしたフランキーは疲れきっていて、ディナーのときまで彼らに会う気になれなかった。ザヒドが仕事をしているあいだ、フランキーはほとんど読書をして過ごした。二人はよそよそしく礼儀正しい言葉を交わすだけで、砂漠でした口論以上にフランキーは気が滅入《めい》った。

運悪く、身支度をするべき時間にフランキーは眠り込んでしまった。おかげで、あわてて階下に行ったときには、すでに三人はルーフバルコニーに集まり、大きなグラスで赤ワインを飲み、ピスタチオをつまんでいた。

フランキーがバルコニーに現れると、ザヒドは非難がましい目でにらんだ。

「遅かったな」

フランキーはとがめるように彼を見返した。「ザヒド、紹介してくださらない？」

ザヒドはあからさまに眉をひそめた。いったいフランチェスカはいつまでかたくなな態度をとるつもりなんだ？　ベッドをともにすることを拒んだうえ、今度は遅刻とは。「こちらはラファエル・デ・フェレッティ、ぼくの仕事仲間だ。こちらは婚約者のナターシャ——」

「フィリップスです」シルクのような髪をした少し不安そうな表情の女性が口をはさんだ。

「こちらがフランチェスカ」ザヒドが言った。

「はじめまして」フランチェスカはかなりの努力を必要としたものの、なんとかほほ笑んでみせた。そして、取り乱さずに食事を終えるには、さらに努力を必要とした。なにしろラファエルと婚約者が傍目《はため》にも熱々だったので、よけいに自分自身の人生やザヒドとの関係がみじめで皮肉なものに感じられたのだ。

　食事が終わると、フランキーとザヒドはスイートルームに戻った。彼がドアを閉めるのを待って、フランキーは静かに口を開いた。

「こういう集まりには、もうわたしを入れないで」

「週末のあいだ、一緒に過ごすことになっているんだ」ザヒドはそっけなく反論した。

「それなら、わたしは部屋にこもっているわ」

「そんなことはできない」

「あら、できるわよ」フランキーはザヒドをにらむと、反論できるものなら反論すればいいと思った。

「わたしは自分のしたいようにできるのよ、ザヒド。わたしは誰にも縛られていない人間ですもの、そうでしょう？」

　話はそれで終わりだった。そのあとずっとフランキーは部屋にこもり、ザヒドは彼女が同席しないことについて適当な言い訳をしたらしく、失礼にあたらない程度に滞在期間が短縮された。

「荷物をまとめるんだ」ザヒドは命じた。「出発する」

「なんですって、今すぐ？」

「ああ、今すぐ」

　空港へ向かうあいだ、フランキーは唇を噛み締め、なんとしてもザヒドの前で泣き崩れまいとした。しかし、それは簡単なことではなかった。胸にぽっかりと穴が開いたようで、その痛みと空虚さに耐えねばならなかった。いつになったらこの気持ちは癒《い》えるのかしら？　愛が死ぬまでどのくらい時間がかかるものなの？

リムジンが滑走路の飛行機に横づけになり、これからの長いフライトにどうやって耐えようかとフランキーが考えていると、意外にもザヒドがそこで別れを告げた。

「さようならですって？」恐怖がこみ上げ、フランキーの顔から血の気が引いた。「でも、わたしはてっきり……だって、一緒にロンドンまで行く予定じゃなかったの？」

「そのつもりだった」ザヒドは言い、フランキーの目をのぞき込んだ。青ざめた顔を目にして、彼の胸はうずいた。「でも、気が変わったんだ。これ以上ばかげた茶番劇を演じる必要はないだろう」

「ザヒド――」

「いいや、フランチェスカ。これがいちばんいい方法なんだ。ただすてきな思い出だけを記憶にとどめるようにしよう」苦々しげにザヒドは言った。これ以上会話を続けていたら、とんでもないことをしそうだった。フランチェスカの前で泣き崩れるとか。だが、そんなことをしても無駄だ。何一つ変わらないのだから。

飛行機のタラップが下りてきた。フランキーは不意にとてつもない恐怖に襲われ、ザヒドの厳しく暗い顔を見上げた。彼は行ってしまう。そして、もう二度と会えなくなる。これからの長い人生で、これが愛する彼の顔を見る最後のひとときなのかもしれない。そのうえ、長年にわたる二人の友情も、情事の終わりとともに崩れ去った。そのことが何よりもつらかった。

フランキーはためらいがちに一歩踏み出した。何を言うつもりか自分でもわからなかったが、最後にどうしても彼に触れたかった。温かい彼の肌にほんの少しだけ……。

「ザヒド？」

「なんだい？」ザヒドはフランキーの目に耐えがたいほどの悲しみを読み取ったが、離れたままでいた。彼女に触れたら負けてしまうとわかっていたからだ。代わりに彼は肩をすくめた。「すまないと言う以外に言葉は見つからないよ」

「す、すまない？」喉に込み上げた塊にフランキーは息が詰まりそうだった。「わたしたちのあいだに起こったことを後悔しているという意味？」

ザヒドは唇を引き結んだ。そう、もちろん後悔している。なぜなら二人の情事は、二度と足を踏み入れられそうもない楽園をぼくに見せてくれたからだ。しかし、フランキーの悲しみにゆがんだ薔薇《ばら》色の唇にほだされ、彼の考えは変わった。そもそも、これほどの歓《よろこ》びと充実感を与えてくれたことを後悔できるわけがない。

ザヒドは首を振った。「もちろん、後悔なんてしていないよ。ただ、これ以上どうすることもできないのが申し訳なくて」

「ザヒド」フランキーの目には涙があふれていた。

今のままでわたしは充分よ、と言いたかった。このままあなたの愛人でいられるなら、ロンドンで会うだけでもいいわ、と。どんなに短くあわただしい滞在でも。けれど、それが正しい答えではないことはわかっていた。ザヒドがますます短い時間しか作れなくなり、二人のあいだに尊敬や愛がなくなったら、きっとわたしは満足できなくなる。それなら今別れたほうがずっといい。すてきな思い出があるうちに。どんなに別れがつらくても。

「ザヒド」フランキーはもう一度言った。言っておくべきことがあるとわかったのだ。たとえ、自分がさらに傷つくことになっても。

「なんだい？」ザヒドは暗い声で尋ねた。

言いなさい。フランキーは自分に命じた。彼が真実を疑わないように、はっきり言うのよ。「わたしがあなたを愛していることを知っておいてほしいの。あなたを心から愛しているわ」

ザヒドは顔をゆがめた。鋭い刃物で心臓をひと突きされたような気分だった。「きみの気持ちはわかっているよ。ぼくも同じように愛している。さあ、行くんだ。行って……」

フランキーはうなずいた。不意にザヒドの声がひび割れるのを聞き取った。「さようなら、ザヒド」彼女はささやいた。

「さようなら、フランチェスカ」ザヒドはきびすを返し、歩きだした。側近が近づいてきて、ジェット機はカヤーザフへ戻るために燃料を補給しております、と報告したが、ほとんど耳に入らなかった。ザヒドはただ、モロッコの満天の星空に飛び立つフランチェスカの飛行機だけを見ていた。そのライトがすっかり消えてしまうまで、ザヒドは見送っていた。

それから、ようやく自分の飛行機に乗り込むと、真っすぐ洗面所に行き、ドアに鍵《かぎ》をかけた。

そこは国王が泣ける数少ない場所だった。

14

「ほかには何かございますか、国王陛下？」

ザヒドは目の前に立っている側近が尋ねているのに気づき、もの思いから覚めた。さっきから新しい競馬場のオープニングの件で打ち合わせをしていたのだが、話し合われたことはほとんど頭を素通りしていった。またもや。

このままではいけない。

長い指を曲げ伸ばししてから、彼は首を振った。

「いや、ほかには何もない」

「オープニングセレモニーについて相談する必要がございますが」側近は遠慮がちに言った。

「今はないと言ったんだ」ザヒドが語気を荒らげると、国王にもっとも近い二人の側近のあいだで目配せが交わされるのがわかった。最近の陛下はいったいどうしたのかと不思議に思っているのだ。集中力がほとんどなく、何をしても楽しくなさそうなのはどうしたことだろうと。

ザヒド自身も同じことを考えていた。

いきなり彼が立ち上がると、集まっていた面々もあわてて立ち上がった。心の底で真実だとわかっていることを認めないのがどうかしているんだ、とザヒドは苦々しく思った。彼の不満の理由は、カヤーザフの朝のまばゆい陽光のように明らかだったからだ。

フランチェスカが恋しくてたまらないのだ。

彼女を失ってから、ザヒドの心は血を流し続けている。

簡単だと思ったんじゃなかったのか？　この国で正しいとみなされている行動を取れば、心に入り込んできたサファイア色の目をした女性をじきに忘れられると。そして、仕事は慰めをもたらしてくれる、心の安らぎを与えてくれる、と思っていた。しかし、今のところ何ももたらしてはくれない。

　彼女のことを考えまいとして、ありとあらゆることをした。宮殿のスタッフが驚くほど、あらゆる仕事に熱心に取り組んだ。まるで勤勉に働けば、安らぎにたどり着けるとでもいうように。それに失敗すると、涼しい砂漠の夜に馬を駆った。しかし、肉体的疲労も汗もほこりも、彼の心に居座っているおぞましい空虚感をほとんど癒《いや》してはくれなかった。

　先日の夜、弟のタリクがロンドンからどうでもいい口実で電話をしてきたが、ザヒドはすぐに兄の様子を気遣っているのだとわかった。とすると、国王の様子がおかしいという噂《うわさ》がタリクのところまで伝わっているのだろうか？　そういう噂はカヤーザフの安定を揺るがすのではないか？　皮肉にも、正しいと思ったことが、結局は間違っていたのだ。

　ザヒドの顔は怒りにゆがんだ。愛する国の威信を傷つけていると思うと、居ても立ってもいられなくなった。彼は側近を集め、イギリスに短い旅に出ると伝えた。そして翌日には、彼の自家用ジェット機はロンドン郊外に着陸した。

　この国を訪れるときにいつも使っている黒のスポーツカーが飛行場で待っていた。ボディガードにてきぱきと指図をすると、黄昏《たそがれ》が迫る中、フランチェスカのサーリーの家を目指し、よく知っている道を走りだした。

　通り過ぎる家々の庭の茂みや窓で、豆電球がまばゆく点滅している。普段は静かな郊外の道路が、カーニバルのようだ。それでザヒドはようやく思い出した。今が十二月で、クリスマスの季節だということを。西洋の世界全体が色彩と喜びにあふれているように感じられる。腕時計を見て彼は日付を確認した。

十二月二十四日。

クリスマスイブだ。

ザヒドは考え込んだ。大がかりな行事があるのでは？ 靴下がベッドの端にぶらさげられ、教会ではキャロルが歌われ、どこかのヨーロッパの文化では真夜中に魚のごちそうを食べるのではなかっただろうか。家族が集まって祝う日なのでは？

一瞬、ぞっとするような寂しさが込み上げてきて、引き返そうかと思った。そこでザヒドは思い出した。フランチェスカには一緒に祝祭のテーブルを囲む家族がもういないのだ。ぼくと同じように彼女も独りぼっちで……。

しかし、見慣れた私道に入り、ついてきたボディガードに門のわきで待機するよう指示を出したとき、猛スピードで門を出てきたセダンとあわやぶつかりそうになった。運転席には怒りに引きつった顔をしたサイモン・フォレスターがいた。

ザヒドはフランチェスカの元婚約者とは一度しか会ったことがなかった。しかし一度でも、無愛想な口元やハンサムだがわがままそうな顔つきは脳裏に刻まれていた。ザヒドは暗い怒りがわき上がるのを感じた。

あいつはいったいここで何をしているんだ？

家の前に砂利をまき散らしながら車をとめるや、ザヒドは車を飛び降り、大股で玄関へ向かった。乱暴にノックするとドアが開き、びっくりした顔のフランチェスカが彼を見上げていた。ザヒドは彼女の顔からさっと血の気が引き、舌先が花びらのような唇を湿すのを見て取った。まるで幽霊を見たかのような顔つきだ。それとも、その顔に浮かんでいるのは罪悪感だろうか？

「あのろくでなしのフォレスターが、いったいここで何をしていたんだ？」ザヒドは詰問した。

フランキーは頭が混乱し、心臓が早鐘のように打っていて、その言葉が耳に入らず、ただシークを見つめていた。シークであり、元愛人でもある男性を。〝元〟になったのも当然よ、と彼女は苦々しく思い返した。四人の妻を持つという、きわめて保守的な砂漠の王は、わたしには向いていないもの。ともかく、彼女はずっと自分にそう言い聞かせてきた。

フランキーはごくりとつばをのみ込んだ。「いきなり現れて、さえない刑事みたいな口をきくのね、ザヒド。あなたこそ、どうしてここにいるの？」

「どうしてここに来たと思う？」ザヒドの声は震えた。フランキーは頬のあたりがげっそりとこけて、セーターもジーンズもやけにだぶだぶに見える。

「きみと話し合うためだ」

胸に希望が芽生えたが、フランキーはそれを必死に抑えつけようとした。そして、幾晩も彼のことを思って涙で枕《まくら》を濡《ぬ》らしたことを自分に思い出させた。「それはわたしが誰と会っているか、尋問したいという意味かしら？」彼女はきき返した。

「それじゃ、彼と会っているのか？」

「いいかげんにして！」フランキーは腹立たしげにため息をついた。ザヒドの話は聞くつもりだった。わざわざ訪ねてきた彼を追い払えるわけがない。でも、これだけは守ろう。強くなること。とても強く。ザヒドと別れたとき、わたしはもう少しで泣き崩れるところだった。今度こそ、彼がいなくてもちゃんと生きていけることを示さなくては。「とにかく、中に入って」

フランキーがお茶をどうかと勧めないことに、ザヒドは気づいた。それに、温かくくつろいだ雰囲気が漂うキッチンにも案内しなかった。あの日、婚約者の裏切りを知って倒れそうになったフランキーを抱きかかえて連れていった部屋に、彼は通された。そこでフランキーは毅然《きぜん》とした顔で彼に向き直った。

ザヒドの頭の中で不意に警戒警報が鳴った。フランチェスカがこんなに自信たっぷりに見える理由は一つしかないのでは？

「あいつとよりを戻したのか？」尋ねると、いきなり心臓が激しく打ち始めた。

「まさか、よりを戻してなんかいないわ。わたしがそれほど浅はかだと思う？」

「だったら、どうしてここにいたんだ？」

オニキスのかけらのように鋭くきらめく彼の目には怒りの炎が燃え上がっているかのようだった。

「用があって来たのよ。わたしがカヤーザフから戻ったことを聞きつけて、婚約指輪を返してほしいと言ってきたの」

ザヒドは私道のはずれですれ違った男の怒った顔つきを思い出し、思わず彼女の指輪のない手を見た。

「返したのか？」

「まあ、見つけられたら返したでしょうけど」フランキーは説明を求めるようなザヒドの目を見て、肩をすくめた。「家のどこかに置き忘れたみたいなの。ともかく、見つからなくて、サイモンにそう言ったら、指輪に支払った二万五十ポンドを支払えと要求したわ」

ザヒドはぎくりとした。「でも、払わなかっただろうね？」

「まさか」フランキーは短い笑い声をあげた。「たとえそれだけのお金を持っていても、彼に渡すわけがないわ。それだけ高価なものならレシートがあるはずだから見せてほしいと言ったら、もちろん彼は見せられなかった。だって、指輪は偽物だったんだもの」フランキーは挑戦的にザヒドを見つめてから静かに尋ねた。「あなたは初めから知っていたんでしょう、ザヒド？」

思わずザヒドは苦笑いを浮かべた。フランチェスカには驚かされる。フランチェスカ・オハラは新しい顔をたびたび見せ、いかに彼女が複雑ですばらしい人間かを思い知らせるのだ。「はっきりわかっていたわけじゃない。最近の模造品はかなり出来がいいからね。その違いは専門家じゃないと区別できないだろう。しかし、きみに対する彼の態度を見ていて、あの男は指輪に何万ポンドもかける人間じゃないと感じたんだ。彼はどう言った？」

「怒鳴り散らしたわ。脅迫もした。わたしはすべて無視したけど」そして、彼に堂々と立ち向かうのはいい気分だった、と気づいた。これまでのわたしにはなかったことだと。フランキーはザヒドを見つめ、自分が成長したこと、彼の愛人になって多くを学んだことを悟った。権力ある国王に真実を告げる勇気があるなら、小さな町のろくでなしの不動産屋に立ち向かうことなど簡単だった。「どうぞ訴えてちょうだい、と言ってやったわ」

「ブラボー、フランチェスカ」ザヒドは低くつぶやいた。

その声のやさしさに、フランキーは困惑した。もはやどうでもいい指輪の話題に逃げるわけにもいかず、ザヒドを見上げた。虚勢が消えかけていた。まだ二人が友人だということを示すために彼がここまで来たのなら、そんな話は聞きたくなかった。また彼と友人になる気持ちにはなれない。まだ今は。たぶん、永遠に。胸の痛みを押し殺しながら、フランキーは言った。「それで、どうして今日はここに来たの、ザヒド？」

二人の視線がぶつかり、ザヒドはサファイア色にきらめく瞳に言葉を失った。彼女を抱きすくめ、キスで険しい表情を消し去ることもできた。巨額の金を約束することもできた。

しかし、ザヒドは本能的に、そういうことはまったく役に立たないと悟った。フランキーは取り引きしたり、買収したりできる女性ではないのだ。ぼくは彼女のすべてが欲しい。何よりも、彼女自身の意思でぼくのところに来てほしい。

ザヒドが口にした言葉は、以前だったら自分の弱さを認めることになると考え、決して口にしなかったものだろう。「きみがいなくなって寂しかった」

わたしも寂しかったわ。誰かがそばにいなくて、これほど寂しく感じたことはなかった。だけど、それを認めても何も変わらない、そうでしょう？　ザヒドはわたしにどんな未来も与えることはできないんだもの。フランキーは黙って肩をすくめた。

彼女が何も言わないので、ザヒドは顔を曇らせた。気が進まないながら、もっと詳しく説明せざるをえなくなったからだ。「それに、きみのことをいつも考えていた」

それでもフランキーは何も言わなかったし、彼の言葉がうれしいというそぶりも見せなかった。そのときザヒドは勇気という言葉の本当の意味を知った。若いころ、カヤーザフの軍隊に入っていたとき、彼は血みどろの戦いをして、本物の飢えを経験した。砂漠の星空の下で眠り、さそりや蛇に悩まされた。彼の勇敢さは同胞たちに称賛されると同時に恐れられ、ザヒド・アル・ハカムはどの馬の乗り手はいない、とも言われていた。

しかし、心の底に潜んでいる思いを、この女性に伝えられるほどの勇気がぼくにあるだろうか？　告白したら、フランキーはぼくに対して強大な力を持っていることを悟るだろう。

「ぼくはきみを愛していると言ったね、フランチェスカ。しかし、結婚はできないと。そして、ぼくはその事実を克服できると思っていた。頭痛や骨折みたいにね。でも、実を言うと、まだ克服していないんだ。しかも、いっそう悪くなるばかり――」

「悪く？」

不適切な言葉だっただろうか、とザヒドはぼんやりと思った。悪い感情だとほのめかしてしまったのだろうか、彼女に対するこの愛情が？　いや、確かにそれは悪い感情だ、とザヒドは認めた。ネガティブで破滅的な感情だ。この愛が許されず、育てられ成長する権利を与えられなかったなら。

「ぼくの人生にはきみがいないとだめなんだ。国に課せられた自分の義務を遂行するために、ぼくはきみをあきらめた。でも、愛する女性がそばにいなくては国を治められないと悟ったんだ。そして、それは真実なんだと」

その言葉には反応があった。フランキーは首を振り、唇を噛《か》んだ。何かに苦しんでいるかのように。

「もう言わないで、ザヒド」フランキーはささやいた。彼の前で取り乱すまいという決意にもかかわらず、その声は今にも泣きだしそうだった。「それはどうでもいいことよ。あなたはわたしを愛しているかもしれない。それに、わたしがあなたを愛していることは知っているでしょう。それはすばらしいことだわ。愛はすばらしいものだから。でも、それだけでは何も変えられないのよ。わたしはカヤーザフ人じゃないから、あなたの妻にはなれないし――」

「法律を変えるよ」ザヒドはきっぱりと言った。「ぼくは国王だから、それができるんだ」

フランキーは彼が言葉をはさまなかったかのように先を続けた。「それに、ほかの三人の妻とあなたを共有できるわけがないし――」

「きみはぼくのたった一人の妻になるんだ！」ザヒドは叫んだ。「ほかの妻をめとる権利は捨てると決めた。今日ここに来たのは、そのことを伝えるためだ。きみが妻になってくれるまでぼくはあきらめない。ぼくのただ一人の妻に」

その告白が彼にとってどれほどの犠牲をともなうものか、フランキーにはわかった。浅黒い精悍《せいかん》な顔には情熱がにじんでいる。彼女の胸はとてつもない愛情でいっぱいになったが、あえて彼の感情的な告白にはなびくまいとした。急《せ》いてはことをしそんじる、というでしょう。

「うまくいかないわ」

「どうして？」

「まだ充分じゃないからよ、ダーリン」フランキーの声は低く、震えていた。

ザヒドは眉根を寄せた。「どういう意味なんだ、充分じゃないというのは？」

彼女は大きく息を吸い込んだ。「わたしにはできないの……運転も許されず、女性が大学に行くことを認めてもらえない国で暮らすことは」

長い沈黙が続いた。「きみは持参金なしでぼくのところに来る。ぼくはそれをひと言の不平もなく受け入れる。ほかの女性をめとる権利を捨て、きみがただ一人の愛する女性だとはっきり言った。それでも充分じゃないのか？　花嫁になる前に、さらに多くの法律を変えてほしいというのか？」

フランキーは首を振った。「もちろん違うわ。これは駆け引きじゃないのよ。わたしはあなたに、何かをしてほしいと頼んだりしていないわ。ただ、自分に正直に説明しているだけ。あなたはわたしを女性として、人間として成長させてくれたわ、ザヒド。わたしはもうサイモンにだまされた、うぶで世間知らずの女の子じゃない。そのことについては本当に感謝しているわ。ただし、それは諸刃《もろは》の剣でもあるのよ」フランキーは深く息を吸い込んだ。「なぜなら、わたしは一歩もあとにひくことはできないから。基本的に筋の通らないことはできないし、女性の権利が男性と同じように認められない国には住めないの。その国を治めている男性をどんなに愛していても」

ザヒドが黙り込んでいるあいだ、重苦しい沈黙が広がった。フランキーの言葉にはとても重みがあったので、じっくり考えてみなくては返事ができなかったのだ。ザヒドは背中を向けると、広い庭を見晴らす両開きの窓まで歩いていった。その庭は子ども時代、彼を魅了したものだった。砂漠から来た少年にとって、豊かな緑はオアシスに感じられた。しかし、今日は緑は見えなかった。すべてが白と黒だった。霜が厚く降りて、すっかり葉を落とした大木の枝は漂白されたように見えた。

ザヒドはため息をついた。確かに、すべてが白と黒だった。彼も世間一般の人がそう考えていることはわかっていた。フランチェスカは大胆にも、それをはっきりと口にしたのだ。西洋の新聞で怒りのこもった社説を読んだこともある。ニューヨークで、女性にも平等な権利を、という旗を振っている女性たちに詰め寄られたことも。

偽善を後ろめたく思ったことはなかっただろうか？　西洋人を愛人にし、かたやカヤーザフの女性たちを束縛していることに？　だが、解決策はあった。そして、フランチェスカはそういう解決策が可能であると教えてくれた。変わるのは困難だろうし、痛みもともなうだろう。しかし、変化は人生につきものだし、それを阻止しようとするのは愚かで偏屈な行為だ。

それに、ほかに選択肢があるだろうか？　自分のそばにサファイア色の目をした強い女性、フランチェスカがいない人生に耐えられるのか？　愛とは何かを教えてくれた女性のいない人生に。

ザヒドはフランキーに向き直った。「法律はひと晩では変えられないよ」

フランキーはその声に約束を聞き取った。「でも、あなたがわざとぐずぐずすることはないと信じているわ」

ザヒドはほほ笑んだ。またか！　フランチェスカはまたもや、やってのけた。ぼくへの揺るぎない信頬を自信たっぷりに口にすることで、ぼくは道義的に彼女の言うとおりにするしかなくなったのだ。

「どんなことであれ、ぼくはぐずぐずしないよ」ザヒドは低くつぶやいた。「とりわけ、こういうことは」そう言うと、部屋を突っ切り、フランキーを抱き締めた。彼女を見つめる目は輝いていた。「愛しているよ、フランチェスカ・オハラ。きみを、きみだけを一生愛する。きみはぼくが心から求めた唯一の女性だ。その気持ちは永遠に変わらない。きみはぼくの心と魂と肉体を虜《とりこ》にした。だから、もう一度ちゃんと言うよ。ぼくと結婚してくれるかい？」

「ええ、ええ、結婚するわ、ダーリン」フランキーはやさしく言い、指先でセクシーなザヒドの唇をなぞった。「ええ、結婚します。何千回でも言うわ」

しばらくのあいだザヒドは、心からの充足感というなじみのない感覚を楽しんでいた。そのとき、温かいものが血管の中を流れていき、心に火がともったような気がした。この瞬間を覚えておくんだ、とザヒドは自分に厳しく命じた。生きている限り覚えておくんだ。

ザヒドはフランチェスカの頬にかかった黒髪をそっとかき上げ、熱いキスを始めた。

エピローグ

ザヒドが結婚式の夜にフランチェスカに言ったように、それはまったく問題のない結婚ではなかった。結婚生活を始めたシークとイギリス人の花嫁には、大半の新婚カップルと比べて、克服しなくてはならない課題が山ほどあった。もっとも、二人はそうなるだろうと覚悟していたが。

　まず最初に、カヤーザフの国民に、この国で生まれ育った高貴な血筋の女性ではなく、西洋人であるばかりか一般市民でもある妻をめとることを承諾させなくてはならなかった。しかし、フランキーには有利な点があった。彼女の亡き父親がカヤーザフの人々に敬愛されていたからだ。しかも、フランキー自身がこの国の文化を愛していることが、その行動や言葉から人々に伝わった。

　フランキーは四日間にわたって行われた感動的な結婚式で、カヤーザフの伝統的なウエディングドレスに身を包み、国民たちを魅了した。さらに、誓いの言葉を非の打ちどころのないカヤーザフ語で述べて人々を驚かせた。それはむずかしい言語を必死に勉強した成果だった。彼女はいつかもっと流暢《りゅうちょう》にしゃべれるようになろうと決意していた。しかし、フランキーが受け入れられたのは、国王が彼女を深く愛しているのが誰の目にも明らかだったことが何より大きかった。同じようにフランキーも国王を愛していることも。そのことは夜空の月のようにはっきりしていたよ、と国民は言い合った。

　そこで人々は彼女をアンウォー王妃と呼んだ。それは〝光の輝き〟という意味だった。そして、世界のマスコミに公開された、たった一枚の結婚式の写真は、二人がうっとりと互いの目を見つめ合っているものだった。まるで世界にはその二人しか存在しないかのように。

第二の課題は、伝統的に男性主導の社会で、変化が必要だと認めさせ、実際に変化を起こさせることだった。女性が運転することや大学に進学することは一朝一夕には実現しなかったが、ゆっくりではあっても認められるようになっていった。ファイルーズが自分の国で大学に行くのには間に合わなかったが、優秀な若い女性は知的能力を発揮するべきだと、フランキーは固く信じていた。そこで、夫の了承も得て、新しい王妃は以前の世話係がケンブリッジ大学に行くための学費を援助することにした。ファイルーズは専攻科目の中東政治でも、大学のスイミングチームでも、傑出した成果を上げた。

最後の課題はフランキーだけに課せられたものだった。長年慣れ親しんだイギリスでの暮らしに別れを告げることだ。そして、まったく異なる砂漠の国での新しい生活様式に溶け込むこと。しかし、それは彼女にとって少しもむずかしいことではなかった。父親からカヤーザフを愛することを学んでいたし、ザヒドを知った瞬間から、彼を愛してきたからだ。彼のためなら地球の果てまでもついていくだろう。

実際、愛する夫を幸せにするためなら、どんなことでもするつもりだった。弟のタリクのことが心配だと打ち明けられると、カヤーザフに弟を長期間にわたって招待することを提案した。もっとも実際にどうなるかはわからない。フランキーは未来はひとつかみの小石を地面にばらまくようなものだと思っていた。どこに小石が落ちるかは、まったくわからない。

ただ一つ残念なことは、父親からさんざん聞かされていた伝説の豹《ひょう》に出合えないことだった。けれども、フランキーは希望を捨てなかった。ザヒドは彼女を東部の山岳地帯のふもとまで、定期的にピクニックに連れていってくれた。豹に出合えるかもしれないと期待して。そこはかつて二人が激しい口論をした場所だった。あのとき、未来は空虚で絶望的に感じられたものだ。今、そこは二人の特別な場所になっている。

　その場所で、フランキーは妊娠を夫に報告した。そしてある日、彼女が美しい黒髪の双子を産むひと月ほど前、ザヒドは細長い革製の箱を取り出し、妻に手渡した。

「何かしら？」フランキーはほほ笑みながら尋ねた。

「開けてごらん」

　繊細なゴールドのチェーンの先にきらきら光るチャームがついたペンダントだった。跳躍しているほっそりした動物の形をしたチャームの優雅な胴体にはダイヤとオニキスがちりばめられている。二つの目はまばゆく輝くエメラルドだ。

「まあ、豹だわ」フランキーはゆっくりとつぶやき、ペンダントを光にかざしてから、きらめく瞳で夫を見上げた。

　ザヒドはやさしくほほ笑み、ペンダントを彼女の手から取って首にかけてやると、うなじに愛情を込めてゆっくりと唇を押しつけた。それから前にまわってフランキーを抱き寄せると、ふくらんだおなかが体に当たった。

「そのとおり。現実が自分の求めるものを与えてくれなくても、手を伸ばせば、自分でそれを作り出すことができるんだ、かわいいフランチェスカ。ぼくたちがそうしたようにね。それをこういう方法で伝えたかったんだ」

　それはまた、ザヒドがどんなにフランチェスカを愛しているかを伝える方法でもあった。

砂漠に燃える恋
2012年6月5日発行

著　　者　シャロン・ケンドリック
訳　　者　桜井りりか（さくらい　りりか）

発 行 人　立山昭彦
発 行 所　株式会社ハーレクイン
東京都千代田区外神田 3-16-8
電話 03-5295-8091（営業）
03-5309-8260（読者サービス係）

印刷・製本　大日本印刷株式会社
東京都新宿区市谷加賀町 1-1-1

ISBN978-4-596-12740-2 C0297

6月5日の新刊　好評発売中！

愛の激しさを知る　ハーレクイン・ロマンス

愛されない宿命	ジュリア・ジェイムズ／大谷真理子 訳	R-2739
砂漠に燃える恋	シャロン・ケンドリック／桜井りりか 訳	R-2740
ボスと秘書の過ち	マーガレット・メイヨー／井上絵里 訳	R-2741
偽りの恋の報酬	メラニー・ミルバーン／結城玲子 訳	R-2742
情熱から始まる関係	シャンテル・ショー／片山真紀 訳	R-2743

ピュアな思いに満たされる　ハーレクイン・イマージュ

孤独な夜のシンデレラ	シャーリー・ジャンプ／三浦万里 訳	I-2229
白百合の令嬢	マーガレット・ウェイ／真咲理央 訳	I-2230

この情熱は止められない！　ハーレクイン・ディザイア

愛なき結婚の果てに（ナイト家のスキャンダルⅢ）	イヴォンヌ・リンゼイ／中野　恵 訳	D-1517
忘れられない恋人	アン・メイジャー／佐藤利恵 訳	D-1518

もっと読みたい“ハーレクイン”　ハーレクイン・セレクト

高い代償	サラ・クレイヴン／飯田冊子 訳	K-69
白い花の香る夜	ジェシカ・ハート／広木夏子 訳	K-70
代理恋愛	ダイアナ・パーマー／鹿野伸子 訳	K-71
十二カ月の恋人	ケイト・ウォーカー／織田みどり 訳	K-72

華やかなりし時代へ誘う　ハーレクイン・ヒストリカル・スペシャル

侯爵のひたむきな愛	ダイアン・ガストン／下山由美 訳	PHS-40
うるわしき縁組	シルヴィア・アンドルー／小山マヤ子 訳	PHS-41

ハーレクイン文庫　文庫コーナーでお求めください　6月1日発売

花嫁の醜聞	デボラ・ヘイル／辻　早苗 訳	HQB-446
危険な結婚	ヘレン・ビアンチン／萩原ちさと 訳	HQB-447
ウエディングの夜	キャロル・モーティマー／和田ゆみえ 訳	HQB-448
結婚の名のもとに	ルーシー・ゴードン／戸田早紀 訳	HQB-449
運命の結婚相手	デビー・マッコーマー／霜月　桂 訳	HQB-450
花嫁試験	ジーナ・ウィルキンズ／竹中町子 訳	HQB-451

ハーレクイン社公式ウェブサイト

新刊情報やキャンペーン情報は、HQ 社公式ウェブサイトでもご覧いただけます。

PCから → http://www.harlequin.co.jp/　スマートフォンにも対応！ ハーレクイン 検索

シリーズロマンス（新書判）、ハーレクイン文庫、MIRA文庫などの小説、コミックの情報が一度に閲覧できます。

6月20日の新刊発売日6月15日

※地域および流通の都合により変更になる場合があります。

愛の激しさを知る　ハーレクイン・ロマンス

密会は午後の七時に	エマ・ダーシー／萩原ちさと 訳	R-2744
冷酷な彼の素顔	アビー・グリーン／小沢ゆり 訳	R-2745
指輪に愛の紋章を（華麗なるオルシーニ姉妹Ⅰ）	サンドラ・マートン／山科みずき 訳	R-2746
夜ごとの夢をシークと	アニー・ウエスト／秋庭葉瑠 訳	R-2747
この恋は契約違反	メイシー・イエーツ／秋庭葉瑠 訳	R-2748

ピュアな思いに満たされる　ハーレクイン・イマージュ

出会いは偶然に	ベティ・ニールズ／上村悦子 訳	I-2231
絆のプリンセス	メリッサ・マクローン／山野紗織 訳	I-2232

この情熱は止められない！　ハーレクイン・ディザイア

大富豪に愛されて	モーリーン・チャイルド／北園えりか 訳	D-1519
胸に秘めた初恋（恋する億万長者Ⅱ）	エミリー・マッケイ／大田朋子 訳	D-1520

もっと読みたい“ハーレクイン”　ハーレクイン・セレクト

私に火をつけて！	ローリー・フォスター／みゆき寿々 訳	K-73
裸足の花嫁	リン・グレアム／三好陽子 訳	K-74
買われた一夜	メラニー・ミルバーン／村山汎子 訳	K-75

永遠のハッピーエンド・ロマンス　コミック

・ハーレクインコミックス(描きおろし)　毎月1日発売
・ハーレクインコミックス・キララ　毎月11日発売
・ハーレクインオリジナル　毎月11日発売
・ハーレクイン　毎月6日・21日発売
・ハーレクインdarling　毎月24日発売

ハーレクイン・プレミアム・クラブのご案内

「ハーレクイン・プレミアム・クラブ」は愛読者の皆さまのためのファンクラブです。
■小説の情報満載の会報が毎月お手元に届く！　■オリジナル・グッズがもらえる！
■ティーパーティなど楽しいメンバー企画に参加できる！
詳しくはWEBで！　www.harlequin.co.jp/